리컬렉션

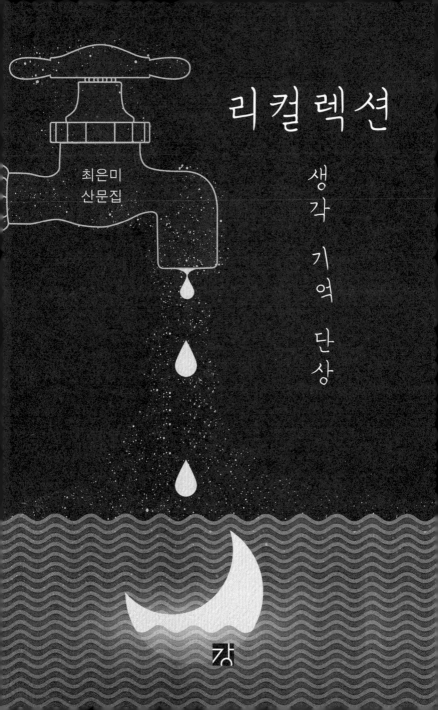

리컬렉션

최은미
산문집

생각 기억 단상

강

즐겨 듣던 시민강좌 중에 헝겊과 꽃, 흙을 만지는 수업
이 있었다. 천을 이렇게 저렇게 잘라서 세상에 없는 나만
의 옷을 만들고, 바구니에 담긴 색색의 꽃들을 마음 가는
대로 뽑아서 꽃다발과 리스를 만들고, 흙을 조물조물 만
져서 그릇도 만들고 접시도 만드는 수업이었다. 취지도
재미있고 재료들도 마음에 들어서 두근거리며 개강을 기
다렸는데, 첫 수업부터 난관에 부딪혔다.

나는 3차원 공간을 점유하며 눈앞에 덩어리째 놓여 있
는 날것의 재료들을 다루는 법을 알지 못했다. 못 만지는
식자재가 잔뜩 도마 위에 올라가 있는 것만 같아 한동안
한숨만 내쉬었다. 그 덩어리들을 자르고 붙이고 만지는

동안 잠깐 희망을 가졌던 것도 사실이지만, 내 손길이 한 번씩 더해질 때마다 3차원 물체들은 처음의 의도를 점점 잃어갔고, 조악하게 재조립된 최종 결과물은 급기야 나를 절망하게 했다. 어딘가 균형이 맞지 않았고 무언가 부자연스러웠으며 왠지 어색했던 내 '작품'들을 마주 대하니 마치 거울 속의 나를 보는 것 같아서 마음이 몹시 불편했던 기억이 있다.

내게는 생각, 꿈, 상상, 기억, 계획 같은 것들이 꼭 그렇다. 그냥 무형의 것으로 머릿속에만 두면 꽤 그럴듯해 보인다. 심지어 그대로 이뤄지기만 한다면 세상을 구원할 수 있을 것 같은 착각이 들기도 한다. 그런데 그 머릿속 것들이 진동이나 문자의 형태로 만들어져서 누구나 감지할 수 있는 3차원 공간에 울려 퍼지고 존재하게 되면 상황이 다르다. 어떤 생각은 위험해서, 어떤 꿈은 맹랑해서, 어떤 상상은 허황돼서, 어떤 기억은 왜곡되고, 어떤 계획은 준비가 안 돼서 처음에 의도된 물질을 입는 데 실패한다.

책을 내기로 하고 뇌 주름 구석구석에 고여 있던 것들을 정교하게 발라내는 작업을 하기 전에는 그 무형의 것들에 대한 막연한 애정이 있었다. 하지만 막상 가지고 있는 것들을 모두 펼쳤을 때, 쓰일 곳이 마땅치 않은 것들이 태반이었고, 나는 절망했다. 많은 분들의 노력과 지원에도 불구하고, 이 책은 실패할 것이 분명하다. 나는 지금 누구에게도 도움이 되지 않는 일을 하고 있으며, 여러 관계자분들께 민폐를 끼치고 있다.

그럼에도 불구하고 작업을 멈추지 않고 철면피처럼 뻔뻔스럽게 밀고 나가는 데에는 나름의 이유가 있다.

'쓸모 있는 사람이 되어라'라는 조언을 들을 때마다 '쓸모없는 것을 만드는 쓸모없는 사람이 되어야지' 하고 생각했었다. 절호의 기회다.

실패한 자가 되는 것을 인생의 목표로 정했던 것이 뒤늦게 기억났다. 잘하면 제대로 실패할 수 있다.

지나온 삶 중 언제 민폐를 끼치지 않았던 적이 있었던가, 하는 데 생각이 미쳤다. 문득 새삼스럽다.

이런 이유로, 나의 허황된 생각과 왜곡된 기억과 민폐의 역사를 다시 모으게 되었다.

흩어져 있는 것들을 다시 모으는 것, 돌이키는 것, 되돌리는 것, 되짚는 것은 앞을 향해 직선으로 뻗어나가던 힘을 구부려서 처음 출발한 곳을 향하는 것으로, 시작도 끝도 없이 무한 순환하는 자가발전기를 하나 마련하는 것과 같다.

내게만 의미 있는 이 작업이 3차원 공간에 존재할 수 있게 된 것은 쓸모없어도 존재하는 것들에게 조건 없는 자비를 베푸는 모든 은인들과 연인들 덕분이다.

2019년 7월
최은미

| 차례 |

2부 기억을 다시 모으다

3부 단상을 다시 모으다

1부

생각을 다시 모으다

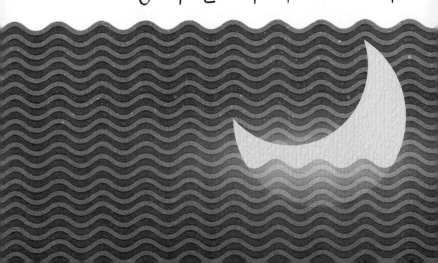

새로운 인간의 탄생.

right와 wrong, 그리고 right와 left

길에서 만난 외국인 친구 중에 언어유희를 즐기는 이가 있었다. 예를 들면 이런 식이다. 늘 그렇듯, 근거 없이 뭔가를 우기다가 그의 말이 맞다 싶은 생각이 들어서 내가 "OK, I got it. You are right" 하면 그 친구는 "And, you are……" 'wrong'이라는 대답을 예상하던 내게 돌아오는 것은 'left'라는 답이다. 비슷한 예로, 갈림길에서 오른쪽 길을 선택해야 할 경우, 그는 "Let's turn to the right"라고 한다. 미심쩍어서 "Are you sure?" 하고 물으면 그는 "Don't worry. I'm always right"라고 답한다.

오른쪽, 왼쪽, 맞다, 틀리다에 관한 이 놀이가 다소 인상적이었는지 어느 날 꿈에서 이것들이 저절로 엮여 기승

전결 구조를 가지고 나타났다. 꿈 앞뒤의 전후 사정마저
도 굉장히 치밀하게. 아래는 옳다, 그르다, 오른쪽, 왼쪽
에 대한 꿈 이야기다.

모든 지식은 상대적이며 절대적이다. 일정한 조건들 안
에서는 예외 없이 작동하지만, 그 조건이 하나라도 어긋
나면 그 지식은 더 이상 유용하지 않다. 만유인력의 법
칙은 지구에서는 절대적으로 옳을지 몰라도 다른 별에서
는 통하지 않는다. 그러니 사람들이 옳다고 믿는 지식은,
어쩌면 그저 더 많은 사람들의 지지를 받는 것일 수도 있
다. 즉, 어떤 이론을 주장하는 사람이 '얼마나 조건을 상
세하게 살폈는지', 그리고 '그 조건에서 그의 주장이 자
기 완결성을 가지고 있는지', '자기가 발견한 내용을 어떤
방법으로 설명하는지'에 따라 설득력의 정도가 달라지고,
그 주장에 많은 사람이 동의하면 그것은 최소한 그 조건
에서는 맞게(right) 된다. 조건, 환경을 제대로 살피지 않
았거나, 살폈으나 논리적으로 말이 되지 않거나, 맞는 말
인데도 설명을 잘 못하면 그들은 잘못된(wrong) 주장을
하는 사람이 된다.

옳은 지식으로 인정받기 위한 위의 세 항목(조건 검토/
논리적 완결성/설득의 시점과 방법) 중에 어느 하나라도

어긋나서 잘못된 것으로 평가받으면, 사람들은 그들 곁을 떠나고, 그들은 남겨진다. 즉, People 'left' them. 대부분의 사람들은 혼자 남겨지면 불안해한다. 어떻게든 다수의 무리에 속해 있어야 '이 선택이 옳다'라는 생각에 마음을 놓을 수 있다. 설사 그 선택이 잘못된 것이라 해도 '나만 틀린 게 아니니까' 안심한다.

다수가 떠나버린 후 남겨진 사람들은 어떻게 될까. 자신의 주장이 몇 가지 조건을 빼먹었다거나 그 주장에 논리적 비약이 있었다는 걸 스스로 발견한 사람 중 시원시원한 사람은 "미안, 내가 잘못 생각했네. 네 말이 맞았다. 그리로 갈게" 하며 맞는 쪽으로 갈 수 있고, 발견은 했으나 자기 잘못을 인정하기 싫은 사람은 "아 몰라, 내 말이 무조건 맞다고!" 하면서 우겨댈 것이다. 우겨도 사람들은 별 관심을 보이지 않을 것이고—틀린 게 자명하니까—애가 달은 이 사람이 어떻게든 눈길을 끌려고 좀더 과격하고 시끄럽게 우겨도 사람들은 속으로 '웃기시네' 하면서 신경도 안 쓸 것이다.

상대적으로 옳은 가설을 제기했으나 이미 많은 사람들이 상대적으로 잘못된 쪽을 선택했고, 상황과 시점과 방법의 문제로 많은 사람들의 설득을 이끌어내지 못해서 소수파로 남겨진 경우는 어떻게 될까? 이들 중 심약하거나 성질이 급한 사람은 설사 자신의 주장이 옳다는 것을 알아도 무리와 떨어졌다는 불안한 마음에, 또는 빨리 뭔가를 이루려는 마음에 다수가 옳다고 생각하는 것에 자기도 뒤늦게 동의하게 되었다며 잘못된 지식을 선택한 다수의 품에 안긴다. 가장 용감하고 지혜로운 사람은, 비록 몇 남지 않았지만, 옳은 것을 옳다고 하는 데 두려움이 없고, 설득의 방법을 진지하게 고민하는 사람들이다. "아직 때가 되지 않았다. 시간이 해결해주겠지"라며 꾸준히, 작은 목소리로 사람들이 돌아설 때까지 설득할 것이다. 사람들이 모두 떠나고 홀로 남겨졌지만 자신의 선택에 신념을 가지고 꾸준히 설득하는 사람, 이들이 진정한 left, 좌파이다. 재미있는 것은, 이들이 눈물겹게 한 명 한 명 설득하는 것을 정말 싫어하는 사람들이 있다는 것이다. 다수의 잘못된 선택을 통해 그 안에서 이익을 취하는 몇몇이 그들이다. 그들은 기존의 질서가 바뀌는 것을 좋아하지 않는다. 새로운 사회가 오면 불이익을 받을 것이 분명하기 때문에 기존의 시스템을 유지하기 위해서 학살, 전쟁, 폭력, 흑색선전을 마다하지 않는다.

남겨진 내지 버려진 좌파가 매일매일 열심히 노력해서 한 명 두 명 힘이 보태지면, 그래서 많은 사람들이 좌파 쪽으로 옮겨 가면, 다수의 사람들이 포진하게 된 좌파가 옳은 것이 될 것이다. left is right가 된다는 말이다. 그 수가 점점 늘어나면, 소수로 남겨지는 것에 불안감을 느낀 많은 사람들이 좌파의 대열에 합류할 것이다.

위에서 말한 각종 이유로, 그리고 그때까지 살아남은 우파 중 진정한 우파—건전한 보수라고 말해도 좋다—가 한 명이라도 있다면, 그리고 좌파가 매너리즘에 빠져서 초심을 잃게 된다면, 그 또한 지혜롭다면 꾸준히, 작은 목소리로, 사람들이 알아들을 때까지 설득을 위해 노력할 것이다.

여기까지가 꿈 이야기다.

좌우/옳고 그름에 대한 생각이 꿈에 나타난 이유는, 엊그제 한 시사 주간지에서 좌우파 사전이라는 책 광고를 봤기 때문인 것 같다.

그리스도교의 원죄에 대한
불교적 해석

직업의 귀천과 지위 고하를 불문하고 피교육자는 늘 춥고 배고프고 졸립다. 지난주 있었던 교육을 잘 버티기 위해 밀린 시사 주간지 한두 권을 가방에 챙겨 넣었다.

주간지를 읽던 중, 그간 이해가 되지 않았던 명제가 자기 완결성을 가진 논리로 전환되는 짜릿한 느낌을 맛보았다. 그 명제란 다름 아닌

1. 인간은 태어나면서부터 원죄를 가지고 있다.
2. 그 원죄는 신이 먹지 말라고 한 선악과를 먹은 것이다.
3. 때문에 인간은 모두 죄인이다.

라는 것이다. '아담과 이브가 에덴동산에서 얼마나 큰 죄를 지었는지 모르겠지만, 왜 그 죄를 내가 이어받아야 하는가?'라는 질문에 누구도 제대로 대답해주지 않았기 때문에 십대 때의 나는 '이성을 만나는 것이 허락된 거의 유일한 장'이던 교회를 과감히 때려치웠다.

또 다른 질문—사랑이 충만하신 예수 그리스도는 왜 인간만 구원하려고 하셨을까? 이거 종 차별주의 아닌가?—에 대해선 오래전에 장고 끝에 나름의 해답(우선순위)을 얻게 되었지만, '원죄'만큼은 도저히 혼자 해결할 수가 없어서 포기할 수밖에 없었다. 그러던 중, 오래 묵은 질문에 대한 답을 이번에 읽은 주간지 기사에서 얻을 수 있었다. 기사를 조금 줄여서 옮기면 다음과 같다.

병실에서 만난 문규현 신부는 "오체투지 때문에 쓰러지지 않았다. 오히려 오체투지 때문에 살았다. 뭇 생명의 평화가 나를 일으켜 세웠다"며 웃었다. 그는 세 발 내딛고 한 번 절하는 삼보일배를 하면서 바닥의 자신을 향해 웃음 짓는 꽃들을 보았고, 땅바닥을 자벌레처럼 천천히 기어서 가는 오체투지를 하면서 뙤약볕에 말라가다가 자신이 흘린 땀방울을 단비처럼 맞고 몸을 부르르 떨며 앞으로 나가는 지렁이에 감동했다. 그렇게 몸을 낮추고 낮춰야 비로소 보이는 생명이 있었다. 그는 길에서 주검으로 농성하는 생명도 보았다. 오체투지로 지나는 도로에 차에 치이고 밟혀서 죽은, '로드킬(Road Kill)' 당한 생명들이 누워 있었다. 그는 "인간의 잘못을 깊이 참회했다"며 "뭇 생명이 나를 로드킬 당하도록 놔둘리가 없지"라며 환한 미소를 지었다.*

몸을 낮추니 눈에 띈 수많은 생명들, 존재 자체로 기쁨과 감동을 주며, 서로 돕고 지지해주는 생명들, 인간에게 죽임 당한 주검들에 대한 문규현 신부의 소회를 읽으며, 수많은 생명의 천적이 되어버린 인간에 대해 생각하게 되었다. 지금의 인간은 지구에게는 암적인 존재와 다름없다는 것을 꽤 오래전에 깨달았으면서 왜 그 생각을 원죄와 연결하지 못했을까? 인간은 존재 자체가 다른 생명들에게 재앙이다.

종교는 상징으로 설명한다. 야훼가 먹어서는 안 된다고 단단히 주의를 준 선악과는 '자연', '태초에 신이 정한 질서'를 상징한다고 가정해본다. 자연, 즉 스스로 그러한

---

* 「농성 뒤 남은 건 주홍글씨와 트라우마」, 『한겨레 21』 786호.

것을 인간이 임의대로 건드려서는 안 된다고, 하고 싶은 대로 하고 살아서는 안 된다고, 어떤 것은 '자제'해야 한다고 그는 말했지만, 사람은 그 말을 따르지 않았다. 예나 지금이나 나의 이기적인 욕심을 채우기 위해 다른 사람과 다른 생명과 다른 존재들을 짓밟고 무너뜨리고 죽이면서 목숨을 이어가고 있다.

수백만 년 동안 아침에 눈뜨자마자 일어나 도망 다니기 바빴던 만년 약자는 두 발로 서고 도구를 사용하고 대화를 하게 되면서 '욕구'를 현실화할 힘과 지혜를 갖게 되었다. 목숨을 영위하기 위해 꼭 필요한 어떤 것이 아닌, 달고 맛있는 과일을 먹고 싶다는 말초적인 욕구를 실천에 옮기면서부터 '날 때부터 죄인'의 숙명은 시작되었다.

뭇 생명들과의 조화, 업보, 절제 등의 불교적인 단어들이 죄인, 원죄, 선악과 등 그리스도교적 단어들과 이렇게 만날 수도 있다니. 보람 있는 하루다.

신이 자살을
용서하지 못하는 이유

노무현 대통령이 스스로 생을 마감하신 후 오랫동안 깊이 생각하게 된 주제다.

그 일이 있은 후 얼마간은 시간이 어떻게 지나갔는지도 몰랐다. TV만 보면 눈물이 주르륵 흐르는 바람에 언제부터인가 TV를 켜지 않았다. 의견이 다른 지인들과 감정적으로 대립하지 않기 위해 최대한 피해 다니기도 했다. 논리도 없이 무례하게 내뱉는 막말에 나도 모르게 대응을 하다 보면, 내 혀끝에서 나온 말이 시퍼런 칼이 되어 나를 찌르고 상대를 찔러댔기 때문이다. 보수 성향의 지인들로부터 '나라 망신', '끝까지 비겁하다', '대통령감이 아니었다' 등의 비난을 들었는데, 가장 참혹한 말은 성당에 다니는 지인의 입에서 나왔다. 그는 "천 명을 죽인 사람은 천국에 갈 수 있지만 자살한 사람은 절대 못 간다"라고 했다. 천국이 있고 없고를 떠나, 예를 들어 전두환은 천국에 갈 수 있지만 그는 못 간다는 거였다.

그 후 오랫동안 '왜 전지전능하고 무소부재하며 사랑과 은혜의 신이라는 분이 자살을 용서하지 않을까' 하는 질문에 매달렸다. 자신을 소중하게 여기지 않아서? 약하다. 그게 전부가 아닐 것이다. 살아 있으면서도 자신의 몸과 마음을 함부로 굴리는 사람이 얼마나 많은데.

외람되게도 '내가 신이라면' 하고 가정해보니 어느 정도 이해가 되었다. 신은 우주의 모든 질서를 관장하며, 모든 것을 미리 알고 정해놓았다. 생명이 있건 없건, 모든 존재에 대해 '내가 너를 이리 하라 하였으니 너는 그리 해야 한다'는 '존재의 나아갈 바'를 만들어놓은 것이다. 차와 사람이 부딪치는 것도, 태풍에 떨어진 간판에 머리를 맞는 것도 미리 그분이 정해놓으신 바(라고 한)다. 그러나 느닷없이 부엉이 바위 아래로 몸을 던지는 것은, 어쩌면 그분도 예상치 못한 일일 수 있다. 즉, 스스로 목숨을 끊는 것은 감히 절대자를 거역하는 것으로, 신의 입장에서는 도저히 용서할 수 없는 반역이다.

결론은 이렇다. 극단적인 방법으로 생을 포기하는 그 것, 차마 입에 올릴 수 없는 그것은 외부의 가혹한 상황에 대항할 아무런 힘이 없는 사람이 스스로의 존엄을 지키기 위해 택할 수 있는 거의 마지막 방법이 아닐까? 야비하고 광폭한데다 미치기까지 한 하이에나 떼와 맨손으로 대항 해야 한다면 당신은 어떻게 할 것인가?

20년 가까이 진보 정당만을 지지해온 막냇동생마저 이 렇게 말했다.

"내가 이런 야만의 나라에 살고 있는 게 서글프다."

그렇다면 신은 끝끝내, 영원무궁토록 용서하지 않을 까? 불교에서는 어떻게 생각할까? 니어링 부부의 방법도 자살의 범주에 드는 걸까? 꼬리에 꼬리를 무는 생각들은 다음에 기회가 되면.

다이나믹 유니버스

젊었을 때부터 '앞으로 큰돈을 벌게 될 텐데 돈 주워 담느라 허리를 다치면 어떡하지?'라며 걱정했다는 한 지인이 책을 한 권 건네주었다. 나처럼 매사에 암울한 인간은 그 책을 꼭 읽어야 한단다.

초반부만 읽었는데, 내 정신이 한창 고양되어 있을 때 생각하던 내용이었다. 간단히 말하자면, 정말로 원하면 그 소원하는 바가 이루어진다는 것이었는데 그 이유는 생각하는 바가 주파수가 되어 어디론가 날아가고, 그것이 주변 상황을 움직여서 뜻한 대로 되게 한다는 것. '하늘은 스스로 돕는 자를 돕는다'는 것의 근거에 대해 깊이 생각해본 적이 있고 무생물과도 감정적인 교류가 가능하다고 확신한 적이 있는 나로서는 뭐 그리 새로운 주장이 아니었다.

몇 년 전의 내 확신들은 알고 있는 상식들을 조각조각 맞춰서 얻은 것들이었기 때문에 깊이가 없고 천박했다. 그런데 같은 주장을 하는 책이 있다니. 내가 생각하는 것들 중 태반은 이미 그 분야 전문가들이 먼저 세상에 널리 알렸다. 미술사학자 강우방 씨에 따르면 "모든 생명 있는 것들은 자유자재로 서로의 모습을 취할 수 있으며, 강렬한 영기로 자연스럽게 변신하는 활력에는 아름다움이 있다. 옛 고구려인과 신라인, 고려인들은 이를 직관했지만, 후대로 갈수록 사람들이 영성을 잃으면서 그것을 단지 장식 형상으로만 보게 되었다"라고 한다. 이 부분에서 내 생각과 다른 것은, 나는 '모든 생명 있는 것들'의 교감뿐만 아니라 모든 존재하는 것들이 서로 교감한다고 생각한다는 것이다. 그러고 보면 과학이 수학처럼 정답 하나를 제시해주는 것만도 아닌 것 같다. 과학은 잘 모르지만 저 물리학도 과학계에서는 하나의 이론으로 받아들여지고 있을지도 모른다.

어쨌거나 멋지지 않나?

생명이 있는 놈이나 없는 놈이나 각자 자기에게 주어진

질서대로 움직이며 서로 교감하게 하는, 지금은 알 수 없
는 커다란 힘이 있고, 그저 무심하게 움직이는 것들 속에
서 그 질서의 일편을 알게 된 존재에 의해 가끔 엄청난,
그 '커다란 힘'에 비견할 만한 초월적인 어떤 것이 생기게
도 하는 다이나믹 유니버스!

친구들에게 주절주절하며 이런 주장을 폈더니 반응은
대략 "저 친구가 너무 오랫동안 혼자 있었던 것 같군"이
었다.

덜떨어진 선지자의 말로

옛날 책들을 보면, 잘 알지도 못하면서 섣불리 떠들고 다니다가 천기를 누설한 죄로 혀를 뽑히고 눈과 귀가 멀게 된 어설픈 예언자가 자주 등장한다. 천기를 누설하면 정말로 하늘에서 벌을 내리는 걸까? 왜?

모든 일에는 때가 있다. 때가 무르익지 않으면 아무리 명분이 있더라도 절대로 이루어지지 않는다. 준비가 되지 않았거나, 역량이 부족하기 때문이다.

그나저나 혀를 뽑힌다는 것은 무슨 말일까? 성대에 결절이 생겨서 더 이상 말을 못하게 된 것 아닐까? 성대결절은 더 이상 말을 해서는 안 된다는 엄중한 경고다. 그 경고를 무시하고 계속 말을 하면 성대가 상해서 아예 말을 못하게 될 수도 있다.

그렇다면 눈이 멀고 귀가 먼다는 것은 무슨 말일까? 때와 장소를 가리지 않고 목을 혹사해가며 떠들던 어설픈 선지자는 말을 뺏기고 나서야 진지하게 본인의 행적을 돌아봤을 것이다. 뒤늦게 자신의 어리석음을 깨닫게 된 그는 복잡다단한 세상의 온갖 근심 걱정으로부터 자유로워지기 위해 스스로 자기 눈과 귀를 멀게 한 건 아닐까?

눈을 먼저 찔렀을까, 아니면 귀를 먼저 찔렀을까? 나라면 눈을 먼저 찔렀을 것 같다. 눈을 통해 너무 많은 정보가 굴절돼서 들어오는데, 보이는 대로 믿기 십상이기 때문이다.

선지자. '먼저 알게 된 사람'이라는 뜻. 먼저 알게 된 것 자체가 나쁜 건 아니다. 가만히 있어도 보이고 들리고 생각나고 알게 되는 것을 어떡하란 말인가? 다만, 입과 눈과 귀 등 수지부모한 신체발부를 온전히 잘 보존하려면 말을 앞세우기 전에 한 번 더 생각할 일이다.

직업에는 귀천이
있다 VS 없다

결론부터 말하자면, 직업에는 귀천이 있다.

이렇게 말하면 다들 귀한 직업으로 의사, 변호사, 판사, 사업가를, 천한 직업으로 3D에 종사하는 사람을 생각하겠지만, 천만의 말씀이다. 나는 고려·조선 시대의 직업에 따른 사회 계급인 사농공상을 말하고 있다. 본론으로 들어가기 전에 사전적 정의를 보면 사농공상은 아래와 같이 설명되어 있다.

고려 후기에 중국에서 유교가 전래되면서부터 명확해졌는데, 귀천은 선비·농민·공장(工匠)·상인 등의 순으로 되었다. 이러한 신분 차별은 수백 년 동안 계속되다가,

1894년 고종의 갑오개혁 이후 점차 그 질서가 무너졌다.

이런. 갑오개혁 이후 공맹의 질서가 땅에 떨어졌군. 뭐 어쨌든. 굳이 직업에 귀천이 있다면 그 순서는 사농공상 순이며, 그것은 그들이 만들어내는 가치에 따른 구분이다. 그리고 여기서 말하는 사농공상이란, 껍데기만 선비·농민·공장·상인이 아니라 뼛속까지 선비·농민·공장·상인인 자들을 말한다.

우선 선비와 유학자.

공부와 명상, 토론이 거의 유일한 취미이자 특기인 이들은 다른 말로 사상가이자 철학자이며, 사람들에게 어떻게 사는 것이 인간다운 것인지를 알려준다. 이들은 구체적으로 무엇을 만들어내는가. 이들은 '인간의 길'에 대해 생각하고, 그 길을 가는 방법을 만들어낸다. 배부른 돼지보다 배고픈 인간이 되겠다 했던 소크라테스를 기억하는지. 여기서 말하는 인간은 직립보행하고 몸에 털이 안 난 신체적 특징을 가진 인간을 말하는 것이 아니다. 생각을 잃어버린 인간은 인간이 아니다. 우리가 스스로 생각할 수 없을 때, 이들은 우리가 가야 할 고귀한 길을 대신 알려준다. 그리고 이들은, 진정한 slow life의 실천자이기도 하다. 비가 와도 뛰지 않던 인간들이다. 아마도, '비는 그저 물일 뿐이고 나는 다행히 설탕이 아니니 비 따위에 녹지 않는다' 뭐 이런 생각을 하지 않았을까 싶다. 누구나 다 생각은 한다고 말한다면 감히 묻고 싶다. 대체 무슨 생각들을 하십니까? 혹시 어떻게 하면 나, 내 가족(만)이 잘 먹고 잘살 수 있을까 하는 생각을 하는 건 아닌지. 이 창동 감독의 영화 「시」에도 나오지만, 사과를 한 번이라도 제대로 본 적이 있는지. 이 사과는 얼마만 한 크기의 나무에 열렸을까. 이 사과와 같이 열렸던 다른 사과들은 어떻게 되었을까. 이 사과가 이만큼 되기까지 햇살은 며칠이나 따뜻하게 사과를 감쌌고, 얼마만큼의 비가 나무에 뿌려졌는지. 이 사과가 벌레 하나 없이 자기 몸을 온전하게 지키기 위해서, 매일 어떤 치열한 하루를 보냈는지 단 한 번이라도 생각해본 적이 있으신지.

그런 것을 생각하게 하는 직업에 종사하는 자들이 선비, 사상가, 철학자 들이다. 사람으로 태어나서 금수로 하향 조정되는 일을 막아주는 일, 고귀하지 않나? 선비라는 직군을 현대 용어로 말하면 몸이 아니라 생각을 파는 사람들, 시간을 파는 사람들이다. 교수, 컨설턴트, 디자이너, 기획자 군이 선비에 해당한다.

다음은 농민.

먹지 않으면 살 수 없다는 뻔한 대전제 외에도, 이들이 선비 다음으로 고귀한 이유가 있다. 이들이 만들어내는 것은 '먹을거리'다. 이들은 특성상 하늘과 소통하고 자연과 대화한다. 바람의 소리를 이해하지 못하면 농사를 잘 지을 수 없다. 또, 이들은 자연은 여분을 만들지 않는다는 것을 안다. 여기는 흉년이지만 저기는 풍작이다. 전 세계 식량들이 골고루 배분되기만 하면 최소한 사람이 흙을 먹을 일은 없을 것이다. 이들은 신문을 보지 않아도, 인터넷으로 검색하지 않아도 그 사실을 몸으로 안다. 또, 자연은 거짓말을 하지 않는다. 그래서 이들은 땀을 흘려야만 수확할 게 있다는 것을 안다. '자연스러움'을 중요한 가치로 생각하고, 어떻게 해서든 '자연'에 가까운 것을 먹고 사용하려고 온갖 발버둥을 치는 사람들이 자연에 가장 가까운 이들을 소중하게 생각하지 않는 것은 이율배반이다.

심지어 선비들도 자연은 잘 모른다. 겨울에는 따뜻한 방에서, 여름에는 시원한 나무 그늘 밑에서 책만 보는 사람들이 손이 까매질 일이 있나. 선비의 다른 말은 백수건달이다. '아무 일도 하지 않고 난동을 부리는 사람'이라고? 이런 잘못된 해석을 봤나. '생각' 하나로 하늘의 이치를 이해하는 통찰력을 가진 자들이 백수건달이다.

다음은 공장(工匠), 즉 제조업에 종사하는 사람들.

임원이나 사무직 노동자 말고, 도구와 기계를 직접 만지는 노동자, 속칭 공돌이와 공순이가 세번째다. 그들은 생각을 만드는 선비나 먹을거리를 만드는 농민보다 덜 중요한 것을 만든다. 먹거리처럼 필수 불가결한 것이 아닌, 주로 게으른 인간의 편의를 위한 것들이 대부분이다. 핸드폰, 인터넷, 전기, 차 없이 어떻게 하루를 버티라는 말이냐고? 더 직접적으로, 옷 안 입고 어떻게 사냐고? 아는 사람은 알겠지만, 살 수 있다. 죽지 않는다. 원시 시대까지 안 가더라도, 지금도 그렇게 사는 사람들이 있는 거, 혹시 모르시나? 노동자들이 만들어내는 모든 것들이 없었어도, 원시 시대에 인간 종자는 멸종되지 않았고, 면면히 내려와서는 결국에 개체 수가 70억에 이르지 않았나. 대장장이가 농기구라도 만들었으니까 그나마 먹고살 수 있지 않았냐고 되묻고 싶겠지만, 정녕 호미와 낫이 없었던 그때도 우리 인간은 살아남았다. 그들이 만들어내는 모든 것은 자연이 원래부터 가지고 있던 기능들을 인간이 좀더 안락하게 살기 위해서 차용한 결과이다. 말하자면 에디슨 같은 사람이 '발명'을 했다지만, 그것은 하늘 아래 새로운 것이 아니라 '발견'에 가까운 것들이고,

도구를 활용해서 그것을 많이, 빨리 만드는 사람들이 노동자다.

농민이 노동자에 비해 덜 급진적인 이유는, 그들이 땅 뙈기나마 조금 가지고 있어서가 아니다. 오늘 돌보지 않으면 내일 시들어버릴 생명이 있다는 것을 알기 때문이다.

다음은 상인. 상놈, 장사치, 포장하자면 기업가, 비즈니스맨, 자본가.

이쯤에서 묻고 싶다. 도대체 이들이 무엇을 만들어내는지. 농민들처럼 식량을 만드는 것도 아니고, 노동자들처럼 공산품을 만드는 것도 아니며, 사상가나 수도자들처럼 무형의 지식을 만들어내는 것도 아니다. 상인들의 유일한 경쟁력은 교환을 통해 가치를 만들어내는 것이다. 할 수 있는 한 가장 저렴한 가격에 사 와서 받을 수 있는 가장 비싼 가격을 받고 팔면서 그들은 "진짜 비싸게 주고 사 왔는데 원가 이하로 손해 보고 판다"고 한다. 그러나 사실 그들이 하는 일이라고는 유/무형 제품의 가치를 부풀리고 사람들의 욕망을 부추기는 것뿐이다.

그렇다면 물건을 파는 사람만 상인인가? 자연은 여분을 만들지 않는다고 한다. '교환'을 통해 '무언가를 남기는 것'이 과제인 사람이 있다면, 그가 파는 것이 설사 깨달음의 길로 직행하는 티켓이라 하더라도 그는 싸구려 장사꾼에 지나지 않을 것이다.

　물론 사농공상에 다 해당되지만, 선비 중에도 사기꾼이 있고 장사치 중에도 선한 영혼이 있다. 선한 장사치들은 자기가 먹고살 만큼만 가져가고, 나머지는 다시 내놓아야 한다는 것을 안다. 자연은 여분을 만들지 않기 때문에, 나에게 남아도는 것은 남에게 뺏은 것이라는 걸 안다. 특히나 등급이 높은 장사치일수록, 노동자보다는 농민을, 농민보다는 사상가를 귀히 여긴다. 일명 패트론. 의미가 많이 이상해졌지만 '스폰서'가 되기를 마다하지 않는다. 피땀 흘려 모은 돈, 덜떨어진 자식한테 물려줘봤자 3대 안에 말아먹으리라는 것을 이들은 안다. 정신이 제대로 박힌 자식이라면 부모가 피땀 흘려 모은 돈 몇 푼 받아서 부귀영화를 누리겠다고 염치없이 손을 벌리지 않는다는 것도 이들은 안다.

　한때, "일하지 않는 자여 먹지도 마라, 자본가여 먹지도 마라" 하는 노래를 불렀던 적이 있었고, 오랜 기간 기업에 몸담으면서 자본가야말로 새벽부터 밤늦게까지 열심히 일한다는 것도 알게 되었다. 중요한 것은, 대부분의 자본가들이 이기적인 욕심을 채우기 위해 죽을 만큼 일한다는 것이다.

　장황해졌다. 요점은, 인간이 사는 길을 알고 싶으면 진정한 백수건달을 후원하는 일에 주저하지 말라는 것이다. 아, 마지막 한마디. 비록 직업에는 귀천이 있지만 모든 노동은 고귀하고, 그 노동의 결과물 역시 똑같이 소중하다. 우리는, 우리가 잘할 수 있는 일을 선택할 뿐이다.

사주냐 신점이냐

여덟 살 때부터 열아홉 살 때까지 주입식 교육에 맞춰 사는 착한 학생이었고, 그 후 공부라고는 해본 적이 없는 터라 나는 뭔가를 깊이, 제대로 파본 적이 없다. 그러니 내가 생각하는 것들은 그저 누구나 알고 있는 몇 가지 사실을 바탕으로 엉성하고 천박하게 얼기설기 엮어보는 게 전부다. 아래는, 이삼 년에 한 번 정도 점집—생년월일시로 사주를 푸는 속칭 '철학원'—에 가고 최근의 각종 사건 사고로 인해 조만간 다시 용한 집을 찾아갈 계획을 가지고 있는 자가 사주풀이를 하러 갈 것인가 신점(타로를 포함한)을 보러 갈 것인가를 놓고 잠시 생각해본, 역시나 얼기설기 엮은 내용이다.

사주는 별들의 움직임에 따른 (주변과 자신의) 물의 쏠림을 해석한 것이기 때문에 '참고'할 여지가 매우 많다. 이건, 목화토금수(木火土金水) 다섯 개의 한자 중 생년월일시가 지정해주는 여덟 개의 한자를 해석하는 것이라서 공부한 대로 사주를 해석해내면 된다. 그렇다면 사람들이 허황되다고 하기도 하고 정말 용하게 잘 맞는다고도 하는 신점—쌀을 흩뿌리고 그 모양을 본다든가 한다는데—은 어떻게 이해해야 할까? 그걸 믿어야 하나 말아야 하나. 결론부터 말하자면, 정말 신점을 잘 본다는 사람의 말은 어느 정도 '참고'할 수 있다는 것이다.

예전의 SF 만화들을 생각하다가 최근의 주변 환경을 둘러볼 때면 깜짝깜짝 놀랄 때가 많다. '어떻게 저런 게 가능해?' 싶었던 것들이 눈앞에 펼쳐져 있다. 맥락이 닿지 않는 말 같지만, 미래를 예견한 소설과 애니메이션, 영화뿐만 아니라 역사에 기록되어 있지 않은 과거를 추측한 것들도 마찬가지라고 생각한다. 사람들과 난쟁이와 요정과 괴물이 함께 살던 『반지의 제왕』 시절이 있었을 수 있고 제우스와 아프로디테와 사람들이 어울려 연애도 하고 애도 낳았던 시절이 있었을 수도 있다. 수렵 채집 생활을 할 때 고도로 발달했던 동물적인 감각들이 시간이 지날수록 퇴화되어 지금은 지근거리의 것들만 느끼게 되었다는 것은 이제는 일반 상식이다.

그런 동물적인 감각과 마찬가지로 까마득한 옛날에는 누구나 가능했던 초월적인 존재—우주의 질서를 만든 자, 야훼·제우스·우주인, 또는 급이 다소 낮지만 동자신, 님프 등등—와의 교신이 지금은 몇몇 특별한 사람의 능력으로 되었을 수도 있는 것 아닐까?

여기서 고민이 시작된다. 지금 쌀알을 손에 쥐고 밥상을 사이에 둔 채 나를 마주보고 있는 그가 과연 실제로 누군가와 교신할 수 있는 능력이 있는지 없는지 우리는 알 수 없다.

거리에 대한 뒷담화

　이상적인 인간관계를 유지하기 위해서는 적당한 거리를 두어야 한다. 상대방에게 허용할 수 있는 범위를 넘어 심하게 가까이 다가오는(말 그대로 들이대는) 사람에게 우리는 당혹감과 불쾌감을 느끼게 된다. 만원 버스는 누구나 불쾌해하는데, 그것은 전혀 모르는 낯선 사람이 '타인에게 허용할 수 있는 최소 거리'를 침범해 들어오는 데 대한 거부감과 경계심 때문이다. 그가 좀 전에 먹은 마늘이나 양파 냄새까지 맡아줘야 하는 것도 불쾌감을 주는 요소지만, 그건 허용 가능한 최소 거리를 침범한 데 따르는 불쾌감의 부록 정도 된다.

　또 무슨 예가 있을까. 엘리베이터 안을 상상해보자. 어떤 층에서 누가 타거나 내리면 엘리베이터 안은 조용히, 그리고 순식간에 정돈된다. 타고 내린 사람만 움직이는 게 아니다. 원래 있던 사람들도 발을 이쪽저쪽으로 움직인다. 사람 간의 간격이 너무 붙거나 너무 벌어지지 않게. 좁은 곳에서 서로에게 허용할 수 있는 최적(대략 n분의 1)의 빈도를 찾아가는 것이다.

사람과 사람 사이의 거리에 대해 연구한 사람이 있다. 미국의 인류학자 에드워드 홀은 비언어적 의사소통에 대해 연구해왔는데 그중 하나가 개인 영역에 대한 것이다. 그는 사람과 사람 사이에는 일정한 거리가 요구되며 그 거리가 곧 관계의 정도를 나타낸다고 생각했다. 그가 분류한 사람들 사이의 거리는 다음과 같다.

45센티미터 미만의 거리는 아주 가까운 사람들 사이에서 볼 수 있는 '친밀한 거리'라고 한다. 사회적 접촉의 경우에는 거의 해당되지 않는 것으로, 부모 자식 간이나 연인들처럼 정규적인 신체 접촉이 허용되는 관계에 있는 사람들만이 이 거리 이내로 들어올 수 있다. 45~120센티미터의 거리는 '개인적 거리'로서 소위 말하는 '사적인 공간'의 범주에 속한다. 친구들 간이나 꽤 가깝게 아는 사람 사이에서 볼 수 있는 전형적인 간격이다. 아내는 남편의 사적인 공간을 아무런 부담 없이 들락거릴 수 있지만 다른 여자가 그 선을 넘어 들어오려 하면 심한 불쾌감을 느낀다. 120~360센티미터의 거리는 '사회적 거리'라고 불리며 회사 동료와 일하면서 이야기를 나눌 때 유지하는 정도가 해당된다. 360센티미터 이상은 '공적인 거리'로, 강의나 프레젠테이션 때 유지되는 화자와 청중 사이의 거리이다.

내가 석 달 가까이 사회적 거리를 유지하고 있는 사람이 친구들의 입방아에 올랐다고 한다. 나는 그 자리에 없었으니 뒷담화라고 하는 편이 낫겠다.

"최근 결혼했다는 그 사람 대타로 만나는 거면 때려치우라고 해라."

"관심 없다. 금방 또 바뀔 텐데 뭘."

"그게 연애지. 그동안 진도가 너무 빠르지 않았니?"

그간 나의 진도가 느리지 않았다는 것은 나도 인정한다. 그렇지만, 그럼 너희는 80여 일 동안 50번도 넘게 만나면서 손도 안 잡니?

역지사지

역지사지(易地思之)의 첫번째 지가 땅 지(地) 자라는 걸 뒤늦게 알게 되었다. 직역하자면 '땅을 바꿔서 그것을 생각한다'는 뜻인 것 같다. 그간 계속 이어졌던 나의 모든 '지나침이 부른 참사'는 역지사지를 잘못 이해한 데서 비롯되었다. 사전을 보면 역지사지란 "처지를 바꾸어 생각함. 상대편의 처지에서 생각해봄"이라고 나와 있다.

사람들 감정의 결이 한 올 한 올 섬세하게 느껴지던 때가 있었다. 남이 좋아하면 덩달아 좋고 남이 슬퍼하면 더더욱 슬퍼지면서 사람들의 감정이 여과 없이 그대로 전해져 오던 때였다. 그래서 많이 힘들었지만 매일매일이 역동적이기는 했다. 쉽게 사람들에게 동화되고, 사람들 마음을 나름 잘 헤아리면서—가끔 단정적으로 넘겨짚어서 어이없는 실수를 하기도 했지만—나는 역지사지 하나는 너무 잘한다고 생각했는데, 사실 그게 아니었다. 상대방의 입장에서 생각했던 게 아니라 내게 만약 상대방과 똑같은 상황이 생긴다면 나는 어떻게 했을까 하면서 모든 일을 결정했다. 상대방이 싫어하건 좋아하건 관계없이, 내가 받고 싶은 것을 줄기차게 다른 사람에게 해주면서 살아온 것이다.

사람마다 그 '받고 싶은 것'이 다를 수 있다는 것을 몰랐다. 앞뒤 없이 잘해주니 사람들로부터 싫다는 말을 듣지는 않았다. 나 또한 내가 해준 만큼 과하게 잘 받고 싶다는 소박한 꿈이 있었던 것도 사실이다. 그렇지만 그게 최선은 아니었다는 생각이 든다. 사람마다 원하는 게 다르고 사람마다 필요한 게 다르다. 나는 왜 그것을 이제야 알았을까. 사람들과 부딪치면서 수없이 사고를 치던 그때 알았더라면 더 좋았을걸. 어이없게도 '내가 팔려고 하는 제품을 구매하고자 하는 고객은 무엇을 원할까' 하는 시시하고도 재미없는 생각을 하던 중에 알아차리게 된 걸까. 그러니까 역지사지란 그를 끌고 와서 내 눈높이에 맞춰서 생각하게 하는 것이 아니라 내가 그쪽으로 가서 생각해보라는 거란 말이지. 하긴, 가만히 서서 간절히 기원해본들 땅이 꿈쩍이나 하나. 내가 움직여야 땅이 바뀌지.
도통 움직여본 적이 없어서 다소 힘은 들겠지만, 이제부
터라도 마음을 달리 먹어봐야겠다.

　한 외국인 친구와 몇 년 전에 인신공격을 포함한 격
한 토론 말미에 나눴던 말이 생각난다. 그는 "이해해
(I understand)"라는 말을 잘 들여다보라고 했다. 이해한
다는 말은 그냥 서는(stand) 게 아니라 아래로 내려가서
서는 거라는 말을 덧붙였다.

관계,
그 부질없음에 대하여

사람과 사람, 사람과 사물, 사물과 사물 등 둘 이상이 서로 걸리는 것, 관계(關係). 빗장 관(關), 걸릴 계(係), 관계. 빗장과 빗장이 서로 걸려서 연결되어 있는 것.

인간관계

눈에 보이지는 않지만 세상을 사는 데 큰 도움을 주는 자산인 줄 알았다. 10년 넘게 돈독한 '관계'를 유지해온 이 사람들만 있으면 앞으로 무슨 일이든지 다 해결할 수 있을 것 같았다. 회사를 등에 업지 않은 자연인으로서의 나, 아무것도 가진 것 없고 하잘것없다. 인간관계는 인간과 인간의 관계가 아니라 내가 속해 있는 집단과 그가 속해 있는 집단 간의 관계였다. 그 구조가 흔들리면 인간관계도 흔들린다.

돈 관계

누군들 '돈'에 얽힌 '관계'를 분명하게 하고 싶지 않은 사람이 있을까. 그렇지만 그것은 개인의 강력한 의지나 결심만으로 되는 일이 아니었다. 팔려고 내놓은 집은 매수자가 나서질 않고 일하고 싶어도 일할 곳이 없는 걸 어떻게 하냐고.

일전에 누군가가 "사람이 거짓말을 하는 게 아니라 돈이 거짓말을 한다"고 말하는 걸 들었다. 또 어떤 사람은 "돈은 자기밖에 모른다"라고도 했다. 그러니까 돈은 거짓말쟁이에다가 지독한 이기주의자다. 돈과는 그 관계의 분명 불분명을 떠나 아예 관계를 안 맺는 게 좋을 것 같다. 물론 가능하다면 말이다.

내연 관계

내세울 수 없고 인정받지도 못하는, 안의 인연, 음의 인연. 밖의 인연이 소멸하기 전까지는 언제나 불완전한, 밖의 인연이 소멸했다 하더라도 내연이 외연으로 된다는 보장이 없는, 끝이 보이지 않는 터널.

애인 관계

사랑하는 사람과 사랑하는 사람이 빗장끼리 서로 걸려서 연결되어 있는 것. 빗장끼리 연결되어 있어서, 한쪽이 빗장을 단단히 걸어 잠그면 통할 수가 없는. 그래서 아무리 원해도 혼자서는 어쩔 수 없는.

돈독해봤자 빗장끼리 조금 단단하게 연결된 것에 불과하다.

이어지고 끊어짐에 연연하지 말자. 그 어떤 것과도.

부의 재분배에 기여하라

재테크를 다룬 어느 책을 보면 "부자는 자본재에 돈을 쓰고 가난한 자는 소비재에 돈을 쓴다"는 말이 나온다. 그 책을 읽었던 때는 실감하지 못했다. 당시 물가로 서울 근교의 웬만한 아파트를 살 수 있을 만한 돈을 수입 오디오와 대형 프로젝터와 명품 가구에 물 쓰듯이 쓰고 난 후 자금난에 몰려 두어 달 만에 황황히 되팔려 했을 때 구입가에서 딱 40퍼센트가 빠진 것을 보고서야 가난한 자는 왜 계속 가난할 수밖에 없고 부자들이 왜 떨어진 양말을 신고 다니는지 알게 되었다. 그리하여 대부분의 부자들은 매일 돈이 스스로 몸집을 불리고 있는데도 궁색스러울 만큼 푼돈에 벌벌 떤다.

택시를 타고 출근하던 어느 날, 정세에 밝은 기사 양반이 열변을 토한 적이 있었다. 생활 물가를 잡을 게 아니라 상속세나 증여세를 많이 내야 한다고. 부자들 돈 쓰게 하겠다고 이런저런 정책을 내놓아본들 그 인간들이 돈을 쓸 거 같냐고. 집을 한 채 더 사고 땅을 한 뼘 더 사지 않겠느냐고.

다행한 것은, 부자들이 매번 '합리적인 지출'을 하는 것은 아니라는 점이다. 돈을 써야 할 곳과 쓰지 말아야 할 곳을 정확하게 구분하는 그들이 여자들한테 가끔 지나치게 과한 돈을 쏟아붓는 걸 보면 이해를 할 수가 없다. 국내 굴지의 재벌이던 한 남자는 정부인을 두고도 연예인을 비롯해 많은 여인들과 교류했다. 그러고는 다음과 같은 유명한 말을 남겼다.

"나는 그 여자들에게 비도덕적인 일을 한 적이 없다."

자기는 생전에 변변한 구두 하나 사 신지 않았지만, 시중 든 여자들이 불편함 없이 먹고살 수 있게 해주었다는 것이 그의 변이었다.

그러니 수많은, 셋째가라면 서러울 두번째 여자들이여. 관습이 당신을 속이더라도 슬퍼하거나 노여워하지 말고 한 치의 흔들림 없이, 꾸준히 부의 재분배에 기여하라.

종교를 가지면서 든 생각

종교를 가지기로 마음먹고 나서 친구에게 "정말 믿을 수 없는 일을 내가 하게 됐다. 나 성당 나간다"라고 했더니, 산티아고 순례길을 걸은 사람들 중 많은 사람들이 귀국해서 성당에 나간다며 예상 밖으로 그리 놀라지 않았다.

사실 나는 여러모로 불교에 더 가까운 편이라 내심 절에 둥지를 틀 생각을 하고 있었지만, 믿고 따르는 선배로부터 천주교 입교를 권유받고는 방향을 틀었다. 섭리에 순명하겠다는 마음을 정기적으로 실천하기 위한 의례가 필요했을 뿐 어떤 종교를 가질 것인가는 그리 중요하지 않았기 때문이다. 그리고 종교를 가질 것을 고민하던 시점에 누군가 내게 때마침 한 종교를 권유한 데에는 또 그럴 만한 이유가 있을 것이라고 생각했다. 아래는 예비자 교리를 받으면서 들었던 생각들이다.

하느님, 예수님은 어떤 존재일까?

'하느님'이라고 불리는 그의 이름은 '야훼'이고, 그 뜻은 '스스로 있는 자'라고 한다. '스스로 있는 자'라면 '스스로 그러한 것', 즉 자연 아닌가? 여기서 자연이란 일반적인 의미의 nature가 아니라 universe에 가까울 것 같다. 이루 셀 수 없는 별들이 매일같이 서로 부딪치지 않고 나름의 질서를 가지고 굴러다니게 하고, 세상 극악한 종인 인간이 아무리 어처구니없는 짓을 해도 지구를 아직 푸르게 빛나게 하는—물론, 곧 흙과 물과 공기가 복수에 들어가겠지만—지금으로서는 아무리 깊이 생각해도 알 수 없고 누가 설명해준다 한들 이해할 수 없을 그 절대적이나 또한 상대적이기도 한 원리. 어디에나 있지만 또한 어디에도 없는, 그 무언가를 하느님이라고 부르는 것일까? 그리고 예수님은 그 뜻을 제대로 이해하고 실천한 선지자였던 것이고. 그렇다면 나는 그들을 마음 깊이 경외하고 사랑하며, 그들에게 내 몸과 마음을 온전히 맡기고 싶고, 가르침을 따르기 위해 노력하고 싶다.

예수님은 부활해서 제자들에게 자신의 모습을 보이고 40여 일간 여러 기적을 행한 후에 하늘나라로 영원히 가셨다고 한다. 40여 일? 좀 불경스럽기는 하지만, 불교의 49재가 절로 연상된다. 49일간 영면에 들지 않고 제자들이 충분히 준비가 될 때까지 분주히 움직이셨던 것 아닐까? 동서양의 차이점과 공통점에 관심이 많다 보니 좀 비슷하다 싶으면 자꾸 연결하게 된다.

함께 짓는 맛있는 노동

오래전부터 정기구독 중인 한 시사 주간지의 기자들이 몇 년 전에 가구 공단, 난로 공장, 마트, 식당 등에 잠입해서 한 달간 일한 경험을 바탕으로 '노동 OTL'이라는 시리즈의 기획 기사를 쓴 적이 있었다. 그중에서 바로 피부에 와닿았던 것은 하루에 최소한 한 번은 마주치게 되어 있는 식당 아주머니들의 고충을 다룬 것이었다.

그 기사를 읽은 후로는 어느 식당을 가든 아주머니들을 대할 때 편하지가 않았다. 그러던 차에, 한 여성 단체에서 '함께 짓는 맛있는 노동'이라는 제목의 캠페인을 한다는 것을 알게 되었고, 그 이후로는 여건이 될 때마다 그 캠페인을 실천에 옮기고 있다. 이 캠페인은 식당 여성 노동자에게 인권적 노동 환경을 만들어주자는 취지에서 기획되었다고 한다. 이 캠페인에 참여하는 방법은 아주 쉽다.

1. 잔반을 한곳에 모은다.
2. 민우회 홈페이지에서 출력한 감사 쪽지를 식탁에 두고 나온다(캠페인이 끝난 지금은 해당 홈페이지에서 찾을 수가 없다).
3. 쪽지가 없을 경우에는 활짝 웃으며 "고맙습니다. 덕분에 맛있게 잘 먹었습니다"라고 인사한다.

이 캠페인 외에 식당에서 내가 하는 실천은 두 개가 더 있다. 하나는, 처음 차려낸 반찬들을 다 해치우기 전에는 다른 반찬을 추가로 부탁하지 않는 것이다. 좋아하는 반찬을 계속 채워서 먹다 보면 자리를 뜰 때 반찬 한 벌이 고스란히 있곤 한다. 그렇게 남은 반찬들을 한곳에 모으다 보면 나도 모르게 죄책감이 들어서 빈 반찬 그릇을 알아서 채워주시려는 분에게 "나중에 필요할 때 부탁드릴게요. 감사합니다"라고 말씀드린다. 또 하나는, 처음에 상을 받았을 때 절대로 손이 가지 않을 것 같은 반찬이 있나 살펴보고 있으면 즉시 반납하는 것이다. 맥락은 같다.

정말로 마음이 동해서 꼭 하고 싶었던 사회적 실천을

실제로 실행에 옮긴 것이 지금까지 몇 개나 될까? 아주머니들은 과연 좋아하실까? 처음에는 다소 어색해서 황급히 자리를 뜨느라 그분들의 반응을 살피지 못했지만, 매번 잔반을 정리할 때마다 식당분들이 정말 고마워하며 "아유, 이런 분은 처음이야"라고 말씀해주신다. 그럴 때면 식당을 나서는 발걸음이 한결 가볍다.

스스로 그러한 대로

지난밤에는 비가 억수같이 왔다. 천둥 번개 때문에 잠을 설쳤다. 늦게 일어나서 TV를 보니 피해가 장난이 아니다. 곳곳에서 시뻘건 흙이 도로를 덮치고 산사태가 나고 물난리가 났다. 제방이 무너져서 황톳물이 콸콸 쏟아지고 있는 곳에 콘크리트 더미들을 던지느라 정신없는 장면을 보면서 이게 무슨 일들인가 싶었다.

산허리를 칼로 베듯이 깎아내서는 도로를 내고 구멍을 뚫어서 터널을 만들고 멀쩡한 나무들을 잘라내서 스키장을 만들고 골프장을 만들어대니 산이 버틸 재간이 있겠냐고. 강원도에 갈 때마다 쾌걸 조로 이니셜도 아니고 Z 모양으로 문신한 것 같은 산을 보고 찜찜했는데 결국 내장을 드러내고 토하는 지경에 이르렀다. 그걸 또 어떻게든 막아보겠다고 땀을 뻘뻘 흘리고 있으니 참으로 한심한 호모 사피엔스 사피엔스가 아닐 수 없다.

미국 영주권이 있는 어떤 분은 LA에서 오래 사셨는데 그렇게 지진이 자주 나는 곳에서 어떻게 사셨냐고 물었더니, "할 수 없지 않니. 사람이 잘못한 일인데 감수하고 살아야지"라고 대답하셨던 기억이 난다. 지진이 왜 사람 탓이냐 다시 물으니 지진 피해가 커진 것은 사람들이 고층 건물을 짓고 불필요한 것들을 너무 많이 가지고 있기 때문이라는 답이 돌아왔다. 무너질 것도, 높은 데서 떨어질 것도 없다면 웬만한 지진은 땅이 약간 흔들리는 정도일 뿐이므로 그리 피해가 크지 않다나. 하긴, 영화에서처럼 땅이 쩍쩍 갈라지는 지진이 아니라면 대수롭지 않게 지나갈 법도 하다.

물이 원래 흐르던 곳으로 흐르고 사람과 동물과 새와 나비가 원래 다니던 길로 다니고 바다가 원래 있던 대로 있고 산이 원래 있던 대로 있고…… 그리하여 자연을 스스로 그러한 대로 그냥 두고 어떻게든 살아갈 방법을 찾아보는 건 어떨까? 병든 지구를 위해서가 아니라 지구보다 더 약하디약한 우리 인류를 위해서.

백척간두진일보

백척간두진일보(百尺竿頭進一步)라는 말은 운동권의 삼보일배에 대해 친구와 대화하던 중 친구가 한 말이다. 저 말을 들었을 때 정신이 번쩍 들며 느닷없는 노래 하나가 귓가에 맴돌았다. 그 노래는 「뒤돌아보아도」라는 운동 가요인데 1991년 졸업 후 한 번도 입에 올린 적이 없었는데도 한두 구절만 빼고는 생생히 기억이 났다. 포털 사이트의 도움을 받아 빈 칸을 채운 노래는 아래와 같다.

뒤돌아보아도 우리는 물러설 곳 없어 캄캄한 낭떠러지뿐이야.
맨주먹뿐인 너 맨주먹뿐인 너와 나 그러나 애태운다 한들 무슨 소용 있으리.

　가슴 조이고 눈치 보고 숨을 죽이고 허리 굽히고 고개 숙여 순종하는 것

　평생 기계처럼 노예처럼 억눌리고 빼앗겨도 말 한마디 못하는 운명.

　나가(산다는 건 행복인 줄 알았지) 나가(단꿈인 줄만 알고 있었지)

　나가, 되돌아갈 곳 없는 우리들 앞으로 나가!

　한 번 더 생각해보기 위해서 검색 사이트를 뒤져보니 백척간두진일보(百尺竿頭進一步)와 시방세계현전신(十方世界現全身)까지가 한 문장이었다. "100척 장대 끝에서 한 걸음 더 나아가라. 새로운 세상이 그 모습을 보일 것이다"라는 뜻이란다. 확인해보지는 않았지만, '100척 장대 끝'에 대해서는 두 가지 해석이 가능할 것 같다. 더 이상 이룰 것이 없는(또는 없다고 생각되는) 높은 경지라서 자칫 자만할 수 있는 자리거나, 뒤를 돌아봐도 물러설 곳은 없고 앞은 낭떠러지라 앞으로 나아갈 수밖에 없는 막막하고 힘든 자리로 생각된다. 그렇다면 저 경구의 뜻은 '자만심을 버리고 한 걸음 더 나아가라. 새로운 세상이 열릴 것이다' 아니면 '두려움을 무릅쓰고 목숨을 걸 때 비로소 살

길이 열릴 것이다'일 것이다.

　나는 번지점프의 기억을 떠올리며 두번째 해석을 선택
했다. 모든 것이 끝났다고 생각되는 그 자리에서 새 차원
이 열린다. 그러니 두려움을 떨치고 힘차게 뛰어나가자.
팔을 활짝 펴고 웃으면서 몸을 던지자.

그러나 구원 따위는
오지 않는다

"그러나 구원 따위는 오지 않는다"는 고야의 판화에 적힌 문구라고 한다. 참혹한 전쟁을 묘사했다고 하는데 검색을 해도 찾을 수가 없다. 절망의 벼랑 끝에 선 사람의 마지막 탄식 같기도 하고, 짐승 같은 시간을 견뎌낸 사람의 담담한 소회 같기도 한 묘한 느낌에 끌려 한동안 프로필 문구로 썼다.

고야가 그린 그림이 궁금하다. 아마 '하늘이라는 것이 있다면 이렇게까지 할 수는 없을 것이다' 내지는 '세상에 이런 법은 없다' 싶을 정도의 잔혹하고 처참한, 끝을 알 수 없어서 더욱 절망적인 상황을 그려놓지 않았을까? 그리고 그것은 또 골고다에서 십자가에 매달린 예수가 "나의 하느님, 나의 하느님, 어찌하여 나를 버리시나이까?" 하고 절규하던 때의 마음과도 비슷하지 않을까? 모든 언행과 행적으로 미루어보건대 자신이 하느님의 아들이라는 것을 단 한순간도 의심한 적이 없었던 그조차도 죽음의 공포와 고통에서 스스로 헤어 나올 수 없어 절대자에게 원망 섞인 말을 내뱉고야 마는. 기적 같은 것은 일어나지 않았고, 그는 뭇 사람들의 멸시와 조롱 속에서 눈을 감았다. 거기까지가 "그러나 구원 따위는 오지 않는다"의 결말이라면 우리는 어디에서 희망을 찾아야 할까?

흔치 않은 경우지만 그는 버림받지 않았고, 잊히지 않았을 뿐만 아니라 2000년 동안 사람들의 마음속에 굳게 자리 잡고 있다. 그의 육신이 바람과 물과 흙으로 모습을 바꾸어 아직도 지구 어딘가를 떠돌고 있건, 사흘 만에 부활해서 하느님의 오른쪽 자리에 가서 앉아 있건 그것은 중요하지 않다. 나는 그가 보여준 기적이 놀라워서, 또는 구원을 얻기 위해 그를 마음으로 따르는 것이 아니기 때문이다. 나중에 받을 보상을 위해 지금의 힘든 상황을 버틴다는 것은 좋게 말하면 구원의 약속이지만 나쁘게 말하면 신과 하는 거래 같아서 영 내키지 않는다.

한때 동생이 운영하는 치킨집에서 일한 적이 있다. 낮

에는 박스를 접고 닭을 정리하고 밤에는 배달을 하면서 하루를 보냈다. 정해져 있는 기간 동안 잠깐 힘들고 어렵고 값싼 일을 하는 것이 아니라 숨이 남아 있는 마지막 날까지 그 생활이 계속된다고 해도 활기차고 즐거울 수 있을까? 평생을 힘들게 살다가 이름 없이 세상을 떠난 수많은 사람들을 생각한다. 그들과 달리 나는 구원을 받을 것이라는 믿음은 어디에서 오는 것일까?

구원 따위, 기대하지도 기다리지도 않을 것이다. 어차피 오지 않을 테니까. 모든 존재하는 것들은 사라지기 마련이다. 언젠가는 사라질 수 있다는 것, 그것이 희망이고 구원이다.

시련이라는 이름의
통과의례

허황된 이야기들로 가득 찬 신화와 이유도 모르는 채 형식적으로 치르는 의례가 지금까지도 여전히 전해지고 행해지는 이유는, 신화와 의례가 담고 있는 상징들 안에 인류 공통의 오랜 경험과 지혜가 축적되어 있기 때문이다. 때문에 신화를 단순히 오래된 이야기로, 의례를 때가 되면 으레 반복하는 행위로 생각하고 그칠 것이 아니라 개인의 삶에 대입해서 현재화할 수 있다면, 신화와 의례에 숨겨져 있는 삶의 지혜와 만날 수 있다.

테세우스, 오이디푸스, 헤라클레스 등 셀 수 없이 많은 영웅들이 겪었던 시련과 고통은 우리에게 무엇을 말해주고 있는가? 사람은 누구나 삶의 굽이굽이에서 시련을 만나게 되는데, 그렇다면 우리도 알고 보면 다 영웅인 걸까? 21세기에는 물리쳐야 하는 미노타우로스도 없고, 오답을 말하면 죽일 거라고 협박하는 스핑크스도 없으니 영웅이 되는 것은 불가능한 것일까?

신화 속 영웅들의 여정과 우리들의 삶 사이에 있는 잃어버린 고리를 찾기 위해, 그들과 우리의 시련을 일종의 의례로 이해해보는 것은 어떨까? 신화의 일부—또는 라이브로 진행되고 있는 삶의 순간순간들—를 의례와 연결짓는 것은 부자연스러울 수도 있다. 그렇지만 어떤 면에서 의례는 신화의 장면을 재연하는 것이라고도 할 수 있다. 관혼상제나 종교 의례 같은 전형적인 의례가 아닌, 개인마다 다른 형태로 예고 없이 찾아오는, 그리고 지나고 나서야 그 의미를 깨닫게 하는 시련을 보다 성숙한 인간이 되기 위한 '통과의례'로 보는 것은 무모한 시도일까?

시련을 의례라고 할 수 없다면 그 이유는 무엇일까? 인식하건 인식하지 않건, 인간이 하는 모든 행동에는 이유가 있다. 지극히 개인적인, 부지불식간에 이루어지는 작은 행동도 앞으로 일어날 어떤 일의 원인이 되는데, 반복적, 조직적으로 재연되면서 사회의 일부이자 전통이 된 의례는 말할 것도 없다. 우리가 일반적으로 의례라고 알고 있는 것들은 특정한 목적을 가진 누군가에 의해 만들어졌다. 종류도 목적도 형식도 다양하지만 누가, 언제, 어디서, 무엇을, 왜 하는지가 의례별로 어느 정도 정형화되어 있다는 공통점이 있다. 그러니, '이런 의미에서 이러저러한 것을 하자'라는 합의가 없는 시련을 의례라고 하기에는 무리가 있어 보인다. 보통은 통과의례라고 생각하지 않는 '여행'을 예로 들더라도, 길을 떠나는 사람이 집시나 부랑자가 아닌 이상 목적지와 대략의 일정을 사전에 계획하게 된다. 그렇지만 시련의 경우는 다르다. '시련이 없이는 성장도 없다'라고 하지만, 감당하기 어려운 지독한 시련을 스스로 계획하고 그 시련 속으로 주저 없이 뛰어드는 사람은 없다. 사전에 계획하지 않았다는 점에서, 다시 말해 시작과 끝을 알 수 없다는 점에서, 시련은 예기치 않았고 원치 않았던 사고일 뿐 의례로 보기는 어렵다. 이것은, 아래에 있는 의례의 사전적 정의를 보면 더욱 분명해진다.

의례라는 행동 양식은 일상생활과는 다른 시간과 공간 중에서 행해지며, 여러 가지 노래나 춤, 선명한 의상이나 장식물 등을 수반하고, 어떤 경우에는 장엄한 분위기를, 또 어떤 경우에는 들뜬 상태를 만들며, 일상생활 중의 언어나 통상의 기술적 도구 등으로는 전할 수 없는, 사회

연대라는 가치나 결혼, 죽음 등의 중대한 사건을 명확하게 표현하고, 마음에 강하게 새기는 작용을 가진다는 것이 밝혀졌다. (……) 당연한 일로서, 의례에는 특정한 시간과 장소가 있다. 의례는 언제 어디서나 행해지는 행위가 아니다. 그것은 예기된 시간과 공간 중에 미리 알려져 결정된 방식에 의해 수행되는 것이다. (……) 일상생활의 경우, 그 활동의 대부분이 장소도 시간도 엄밀하게 한정되지 않고, 본래적으로는 예지할 수 없는, 하나하나 그 순간의 판단을 수반하는 연속적이며 기복이 없는 행동으로 행해지는 데 반해, 의례 행동은 근원적으로 성격을 달리하며, 또한 대립한다. 이런 의례에서 표현되는 것은 일상생활에서는 나타나지 않는, 또한 파악할 수 없는 종류의 일, 가령 그 사회의 전체상, 그 사회가 상양하는 가치, 또한 어느 개인과 어느 개인의 인간관계, 어느 개인의 성장, 변화 등이다.

그렇다면 시련을 의례라고 주장할 수 있는 근거는 무엇일까? 영웅 신화, 창조 설화, 동화, 소설을 막론하고, 처음부터 끝까지 아름답고 즐겁기만 한 이야기는 없다. 인류 역사를 보아도 마찬가지다. 악처가 없었다면 소크라테스도 없었을 것이고, 십자가형이 없었다면 부활한 예수 그리스도도 없었을 것이다. 즉, 시련은 살아 있는 이상 어느 누구도 피해갈 수 없는 인생의 한 과정이다. 청소년들은 자라면서 성장통을 겪는다. 이미 그 시기를 지난 부모들은 힘들어하는 청소년들이 그 시기를 자연스럽고 지혜롭게 보낼 수 있도록 돕기 위해 가능한 수단을 다 동원한다. 성장통은 몸과 마음이 성숙해지기 위해 당연히 거쳐야 하는 통과의례라며 헤르만 헤세의 『데미안』을 선물하기도 하고, 본인의 경험담을 공유하기도 한다. 마찬가지로 우리가 갑자기 찾아온 재난, 질병, 해고와 같은 사고에 직면해 갈피를 잡지 못할 때, 시련이 영원히 끝나지 않을 것 같아서 살아갈 희망을 찾지 못할 때, 어른들은 말씀하신다. 이것 또한 지나갈 것이고 개똥밭에 굴러도 이승이 좋다고.

시작과 끝을 알 수 없고, 일정한 양식이 없다는 점은 일반적인 의례와 분명히 구분된다. 그러나 시련을 통과의례로 보지 않고 생방송으로 실황 중계되는 일상으로 보는 바로 그 구분법 때문에 우리는 시련이 영원히 끝나지 않을 것이라 생각하고는 절망하게 되는 것이다. 공간과 공간 사이에 장벽이 있는 것처럼, 시간과 시간 사이에도 보이지 않는 장막이 있어서 어느 누구도 한 치 앞을 내다볼 수 없다. 어제의 장막이 걷혀야 오늘이 보이고, 오늘의 장막이 걷혀야 내일이 시작된다. 시간이 지나면서 걷어낸 장막의 수가 늘어나면, 과거의 선택들이 만든 흔적에 기초해서 깜깜하기만 했던 앞날을 조심스럽게 예측할 수 있게 된다. 모든 영웅들의 이야기에 끝이 있는 것처럼 시련에도 끝이 있다는 것, 그리고 그 시련은 우리 내면의 성장이라는 '목적'을 위해 우리보다 더 큰 존재인 어떤 '주체'가 처음부터 끝까지 초 단위로 치밀하게 기획하고 준비한 선물이었다는 것을 깨닫게 될 때, 우리는 시련을 '진정한 자기를 만나는 신성한 의례'로, 스스로를 그 의례를 치르는 사제로 바라볼 수 있게 된다.

조셉 켐벨도 말한 것처럼, 대부분의 영웅 신화는 전형적인 구조를 가지고 있다. 출생의 비밀을 간직한 영웅은 친부모에게 버려져서 다른 사람의 손에 의해 양육된다. 누군가로부터 과제를 받은 후 길을 떠나고, 그 길에서 온갖 역경을 이겨내면서 과제를 차례차례 해결한다. 『오즈의 마법사』의 도로시는 고향인 켄자스로 돌아갔고, 치르치르와 미치르는 파랑새가 먼 곳이 아니라 가까운 곳에 있다는 것을 깨닫지만, 그리스 신화에 나오는 영웅들의 말로는 그리 행복하지 않았다. 스핑크스의 수수께끼를 풀고 영웅이 되었던 오이디푸스는 제 눈을 찌르고 아폴로를 저주했으며, 헤라클레스는 수많은 난제를 풀었지만 결국 스스로 장작불에 몸을 던져 최후를 맞이했다. 물론 후에 신의 반열에 올라 별자리로 남게 되기는 했지만 말이다. 또 아르고 원정대를 조직했던 이아손은 말년에 아르고 목선에 머리를 맞고 숨을 거두었고, 미궁을 빠져나가게 도왔던 아리아드네를 배신하고 파이드라와 결혼했던 테세우스는 스키로스의 왕에게 살해당했다.

이처럼, 비범한 능력을 가지고 있었고 많은 신들의 보호를 받았던 영웅들의 말로가 하나같이 비참한 이유는 무엇일까? 아리스토텔레스는 비극의 주인공이 몰락하는 원인을 오만함이라고 했다. 신은 모든 죄를 용서하지만 단 하나, 오만함은 용서하지 않는다는 말도 있다. 태초에 일어났던 사건이 다시 지금 여기에도 일어나고 있다는 것을 이야기로 알려주는 것이 신화고, 그것을 잊지 말자고 반복적으로 연습하는 것이 의례다. 신화는 교육이고, 의례는 훈련인 셈이다. 우리가 열심히 교육 훈련을 받는 이유는 실전에 대비하기 위해서다. 그러나 대부분의 사람들은 실전을 치르면서 그간 준비했던 것들을 까맣게 잊어버린다.

신화 속 영웅들뿐만 아니라 우리도 서로에게 의지한 덕분에, 수없이 많은 존재의 보이지 않는 도움에 힘입어 지금껏 살 수 있었다는 것을 생각하지 못하고 다 자기 능력으로, 자기가 잘나서 그만큼 살게 된 것으로 착각하는 경우가 대부분이다. 하나의 과제를 완수하고 나서 자만에 빠지거나, 이보다 더 힘든 과제는 없을 것이며 설사 힘든 과제가 오더라도 쉽게 해결할 수 있을 것이라고 자신하기도 한다. 위험하다. 나의 어떤 부족한 점을 일깨워주기 위해 이 시련이 온 것일까를 성찰하지 않는다면, 영혼의 성장을 위해 특별히 준비된 은총인 시련의 의미를 이해하지 못하게 되고, 다시 예상치 못한 일이 닥쳤을 때 "왜 제게만 이런 일이 일어나는 것입니까?" 하고 하늘을 원망하게 된다. 그런 사람들을 위해 "Life is tough. It's tougher, if you are stupid"라는 경구가 있는 것인지도 모르겠다.

타로 카드의 22장 메이저 카드 중에는 은둔자라는 것이 있다. 『아더왕 이야기』의 멀린이나 『반지의 제왕』의 간달프처럼 영웅의 여정을 돕는 늙은 현자를 상징하는데, 현자에는 세 단계가 있다고 한다. 1단계는 자신이 터득한 지혜를 세상과 나누기 위해 열정적으로 뜻을 펼치며 가르치는 단계이고, 2단계는 그런 노력에도 불구하고 변하지 않는 세상에 실망하여 산으로 숨어 들어가는 단계, 3단계는 산에서 내려와 사람들 사이에 자연스럽게 섞여 사는 단계라고 한다. 각 단계에는 각각 땀과 열정, 절망, 자발

적 체념을 가져오는 계기가 있었을 것이고, 그 계기들은 이후에 내면의 빛을 발견하기 위한 통과의례로 기록될 것이다. 1단계로 가는 과정에서 '무엇을' 할 것인지를 학습했다면, 이후 과정들은 '어떻게' 할 것인지를 체득하기 위한 것이라고 할 수 있다.

그리스 신화와 각종 모험을 그린 성장 소설에 등장하는 시련은, 인간이라면 누구에게나 고비가 있다는 것을 말하고 있다. 그 고비의 끝은 필생의 과제에 대한 해답이다. 그 과제를 어떻게 해결하느냐에 따라 시련은 은총이 되기도 하고, 질곡이 되기도 한다. 비범하지만 치명적인 약점이 있던 신화 속 주인공들이 괴물을 물리치고 영웅이 되었던 것처럼, 우리도 시련이라는 이름으로 닥쳐오는 작은 과제들을 풀어가는 과정에서 우리에게 주어진 소명을 깨닫게 된다. 바야흐로 인생극장의 주인공으로 등극하게 되는 것이다. 물론 시련을 대하는 방법에 따라 행복한 결말의 주인공이 될 수도 있고 비극의 주인공이 될 수도 있다 (여러 명이 함께하는 연극에서 모두가 주인공일 수는 없다. 조연은 조연의 역할을, 소품은 소품의 역할을 잘하는 것이 자기 인생극장의 주인공이 되는 것이다).

다행한 것은, 시련에도 총량의 법칙이 있다는 것이다. 시련이 많을수록 해답에 가까워질 가능성도 높아진다.

그러나 여기서 중요한 것은 임계점을 넘는 것이다. 물이 100도가 되어야만 끓는 것처럼, 직면하지 않고 피하기만 한다면 감당하기 힘든 통과의례를 죽을 때까지 반복해야 할지도 모른다. 제대로 한 번 끓어보지도 못했는데 냄비를 태워먹게 된다. 100도가 된다는 것은 변성이 일어난다는 것을 의미한다. 미궁의 끝, 살아서는 가기 힘든 중심에 마침내 도달했다는 뜻이며, 뒤돌아서서 곧장 걸어 나오면 출구를 찾을 수 있다는 뜻이다. 시련을 통해 학습하지 않는다면, 시련은 끝나지 않는다. 시련을 통해 학습을 하게 됐더라도 시련은 끝나지 않는다.

그렇다면, 우리가 풀어야 하는 필생의 과제란 무엇일까? 분석심리학에서는 신화에 등장하는 괴물을 우리 내면에 자리 잡고 있는 의식의 그림자라고 한다. 그림자, 아니마·아니무스, 무의식과 대면하는 일은 자기 자신의 영혼을 깊이 들여다보고 직면하는 작업으로, 상상할 수 없는 고통을 수반한다. 실재의 자신과 스스로가 생각하는 자기, 남들이 생각하는 자기 사이에는 공통점이 거의 없다고 해도 과언이 아니기 때문이다. 내면의 괴물과 맞닥뜨리는 시련은 C. G. 융이 말한 개인화의 1단계, 인격의 해체에 해당한다. 인격이 해체되고 다시 통합되는 과정을 통해 진정한 자기를 만나는 것, 이 세상에 태어난 이유를 찾는 것이 우리가 평생에 걸쳐 풀어야 할 과제이다.

헤르만 헤세가 말했다. "누구에게나 진정한 사명은 오로지 자기 자신에게 도달하는 것뿐이며, 사람이 자기 자신이 되는 것 말고 중요한 것은 아무것도 없다"라고.

정기신과
가위바위보 놀이

존재의 근원을 찾아 인터넷을 뒤지던 중 사람은 정, 기, 신으로 이루어져 있다는 주장을 보았다. 정할 정(精), 기운 기(氣), 귀신 신(神). '몸, 마음, 영혼으로 설명하기도 하던데 저 셋 중 몸은 어디 있지?' 하고 생각하다가 꼬리를 물기 시작한 생각들을 이어 붙인다. 이해한 범위 내에서 설명하면 다음과 같다.

정(精)은 정수(精髓, 뼛속에 있는 골수, 사물의 중심이 되는 골자 또는 요점)의 정, 즉 우리 몸을 몸으로 뭉쳐 있게 하는 물질.

기(氣)는 그것들이 제대로 자리 잡을 수 있게, 제대로 흐를 수 있게 하는 기운, 에너지.

신(神)은 우리의 생각과 의지와 행동을 일으키는 의식과 무의식. 또는 이성, 감성, 질서와 무질서, 그리고 우리가 알 수 없는 것들 너머에 있는 신비로운 어떤 것이 아닐까?

정과 기는 대략 윤곽이 잡히는데 신은 그렇지가 않아서 좀더 생각하게 되었다. 기존 사회의 보편적인 윤리와 규범을 따라야 한다는 이성과, 그럼에도 불구하고 일을 저지르게 만드는 감성은 서로 적정선에서 균형을 이루면서 적당히 참고 적당히 잘못을 짓고 적당히 자책하면서 다른 이들과 어울려 살게 한다. 문제는, "내 마음 나도 몰라" 할 때의 그 '내 마음'이다. 이것은 혹시 정리되지 않은 무의식 덩어리가 아닐까? "너 왜 그랬어?" 하고 다그쳐 물으면 곧바로 이유를 댈 수 있게 하는 이성과 감성이 아닌, 그러나 곰곰이 생각하면 이유를 갖다 붙일 수는 있는. 그래서 인간을 때로는 신으로 때로는 괴물로 만드는 그 무의식 말이다. 억눌린 것에 대한 반작용이 어떤 형태로 터져 나올지 스스로도 모르기 때문에 한동안 무의식은 위험하고 불온한 것으로 간주되기도 했다. 그러나 그간 눈과 코와 귀와 입과 피부를 통해 입력된 모든 외부의 자극 중

일일이 정리하기 어려운, 또는 굳이 정리하지 않은 것들의 덩어리가 무의식의 대부분을 구성하고 있다면 꼭 위험한 것만은 아닐 것이다. 무의식의 세계는 나쁜 것만 있는 것이 아니라 좋은 것이 더 많은 것은 아닐까? (물론 그 덩어리를 이루는 결들이 서로 자유롭게 섞이면서 나오는 새로운 것들을 예측할 수는 없다.) 그렇지 않다면 이 불합리와 부조리와 스트레스로 꽉 찬 세상이 이렇게나마 유지될 수 없을 것이기 때문이다.

동그라미, 세모, 네모, 이렇게 이름 붙여진 것은 우리가 개념화해서 머릿속에 정리해둔 것들이다. 외부에서 입력되는 것이 너무 많기 때문에 우리의 머릿속에는 '1초 후를 예상하지 못하게 하는' 불확실성이 항상 내재해 있다. 우리는 뇌 기능의 1~2퍼센트만 쓰고 있다는 말은 아마도 뇌 속에 있는 모든 잡다한 것들 중 1~2퍼센트 정도만이 정리된 상태로 있다는 뜻이 아닐까 하는 생각이다. 웬만한 것들은 다 설명되는 논리적 사고의 틀을 가지고 있다면 새로운 것이 주는 혼란은 덜하겠지만, 그래도 여전히 세상을 100퍼센트 완벽하게 설명할 수 있는 것은 아니다. 모든 것은 순간순간 형태를 바꾸기 때문이다. 큰 충격을 받거나 완전히 색다른 경험을 하게 될 경우 논리적, 이성적으로 정리되는 것과 그렇지 않은 것들이 모두 머릿속에 입력될 텐데, 그 새로운 경험이 적용돼서 만들어진 동그라미는 그 전의 것과는 전혀 다른 것이다.

중요한 것은, 무의식을 100퍼센트 정복할 수는 없다 하더라도 이것을 한편으로는 경외하고 한편으로는 착하게 길을 들이는 것이다. 무의식은 자연인으로서의 인간에 가장 가까운 상태, 자연에 가장 가까운 상태이기 때문이다. 정복자로서의 인간이 아닌, 혼자서는 꼼짝없이 굶어 죽거나 잡아 먹혀야 하는 약자로서의 인간, 그러나 수억만 가지의 조합을 시도하면 스스로도 몰랐던 엄청난 힘을 갖게 되기도 하는. 섣불리 정복할 수도, 무작정 복종할 수도 없는. 우리는 그 힘을 경외하고, 감사히 여기며 소중하게 사용해야 한다. 자기도 모르는 사이에 누군가를 다치게 하는 일이 없도록 시커멓고 뾰족하고 모난 곳은 스스로 갈고닦으면서. 나도 모르는 그것들을 굳이 일일이 정리하려 하지 않아도 된다. 시시각각 형태를 바꿔가는 것을 논리로 설명하는 것은 어차피 불가능하다. 내 속의 그것이 생각하기도 싫은 너절하고 끔찍한 과거를 가진 괴물이라면 더더욱 조건 없이 사랑해야 한다. 나마저 나를 버리면 또 누가 있어 나를 슬퍼하고 돌봐줄 것인가. 그저 부드럽게 쓰다듬기만 해도 언젠가는 결이 고와질 거라는, 또는 결이 고와질 때까지 영원의 시간이 걸리더라도 쓰다듬을 거라는, 절대적이고 무조건적인 믿음이 필요하다.

　어디선가 정은 바위, 기는 가위, 신은 보로 설명한 글을 보았다. 재미있는 비유다. 뿌리 깊은 나무는 바람에 흔들리지 않고, 다이아몬드는 다이아몬드가 아니면 쪼개지지 않는다. 그렇게 바위는 가위를 이기고, 정은 기를 이긴다. 모든 것을 싸고 있는 커다란 한 세상은, '하늘이 무너져도 있다는 그 솟아날 구멍'으로 들어온 작은 바람에 실린 변화의 씨앗으로 인해 그 전과는 전혀 다른 세상이 된다. 그래서 가위는 보를 이기고, 기는 신을 이긴다. 하나하나의 존재는 결국 더 큰 세상의 일부일 뿐이다. 그렇게, 보는 바위를 이기고 신은 정을 이긴다.

　거꾸로 생각해도 재밌다. 균형 상태라는 것은 순간일 뿐 영원한 것이 아니기 때문에 강자가 약자를 이겼다고 결론이 나는 순간 또 다른 변화가 시도된다(물론 새 규칙에 합의하는 데는 오랜 시간이 필요하기 때문에 급진적인 변화는 쉽지 않다). 보자기가 우주 만물을 폭 싸안았다고 생각하고 안심하는 순간, 주먹은 다윗의 돌멩이가 되어 골리앗을 때리며 또 다른 구멍을 만든다(보〈바위). 스스로 다져지는 본연의 물성을 의심하고 포기하는 순간, 의심은 바위를 조각낼 수 있다(가위〉바위). 뭐든 자를 수 있다는 힘이 설사 교만해지더라도 그 교만까지 덮어버리는 은총을 만나면 스스로를 굽힐 수밖에 없다(보)가위). 물이 항상 아래로만 흐르는 것이 아니라는 것, 그리고 그물이 언제 거꾸로 솟구칠지는 아무도 모른다는 것을 기억하자. 영원히 오지 않을 수도, 당장 내일이 그날이 될 수도 있다. 겁낼 일도, 당황할 일도 아니다.

　흥미로운 것은, 사람은 나이가 들면서 정에서 기로, 기에서 신으로 점점 옮겨 간다는 것이다. 움켜쥔 손을 편안하게 내려놓는 순간부터 점점 약해져가는 것 같지만, 어느새 다시 주먹을 감싸는 보자기가 되는 것. 재밌다.

　별 내용 없는 결론은, 생각의 발자국을 예쁘게 만드는 것이 의미 있는 인생이지 않을까 한다는 것, 그리고 같이 노력하다 보면 세상이 조금 더 살 만하게 되지 않을까 한다는 것이다.

근원에 대한 질문

사람마다 종교에 관심을 가지거나 입문하는 이유가 다르겠지만, 아마 과학이나 철학, 상식, 윤리로는 설명되지 않는 문제들이 있기 때문일 것이다. 설명할 수 없는 '신비'를 빼고서는 종교를 논할 수 없다. 아래는 신비를 이해하기 위해 그 체계의 구성원이 된 이후 지금까지 정리해 온 생각이다.

미래, 특히 생물학적 죽음 이후의 세계는 예측할 수도 상상할 수도 없다. 따라서 인류는 오래전부터 현존하는 실재를 근거로 근원을 유추함으로써 미래를 설명하고자 했고, 그 대표적인 방법이 종교다. 대부분의 종교가 '태초'를 언급하는 것도 그 이유이다. 태초에 무엇이 있었는지를 밝히는 것이 오늘 하루를 살아가는 데 무슨 의미가 있느냐며 의아해하는 사람들이 많다. 그러나 이것은 우리가 왜 하필 어떤 곳에 어떤 시간에 태어나게 되었는지에 관한 것으로, 생각하고 말하고 행동하는 모든 것의 기준이 될 수 있다. 1, 1, 2, 3, 5, 8, 13…… 첫번째 항과 두번째 항을 더한 값이 세번째 항이 된다는 피보나치수열이다. 여기서 최초의 1은 어떻게 생겨났는가? 0으로 일관되던 창조 이전의 세상에서는 피보나치수열 역시 0, 0, 0, 0…… 0의 무한한 행렬만 계속되었을 것이다. 최초의 원인, 흔히 prima materia라고 부르는 것은, 그러므로 이유도 조건도 없이 '그냥' 나타난 것이라고밖에는 설명할 수가 없다. 그 앞에 다른 무엇이 있다는 그것은 최초의 원인이 아니기 때문이다.

물론 우리가 이 세상에 '그냥' 태어나게 된 것은 아닐 것이다. 우리는 태어나고 싶어서 태어났다. "내가 태어나고 싶어서 태어났어? 낳았으면 책임을 져야 할 것 아니야?"라며 한번쯤 부모님들께 반항해본 사람이라면 잘 이해가 되지 않겠지만, 우리가 태어나기 싫었다면 수십억 대 일의 치열한 경쟁을 뚫고 난자에 도달하려고 애쓰지 않았을 것이다. 영어 material의 기원이 된 materia가 라

틴어 mater, 어머니라는 단어와 비슷하게 생긴 것은 우연이 아니다. 인간이 수정란 형태로 있을 때, 어머니의 자궁은 그 너머를 짐작할 수 없는 우주 전체였다. 어머니에 의해 영양분을 공급 받으며 자궁이 세상의 전부인 줄 알고 살다가 세상에 나온 우리는, 이제 더 큰 어머니인 지구로부터 제공되는 공기와 식량을 자양분 삼아 살아가고 있다. 태어난 지 1년이 다 되어가도록 꼼짝 않고 누워 있어야 하는 존재, 먹어야 할 것과 먹지 말아야 할 것을 가리는 데 대략 9년이 걸리는 존재, 날카로운 이빨이나 발톱이 있는 것도 아니고, 잘 달리지도 못하며, 눈과 귀와 코가 발달한 것도 아니고, 심지어 나무도 잘 타지 못하는, 지구상에 존재하는 생명체 중 가장 열등한 종일지도 모르는 인간이 우쭐대며 살 수 있는 것도 더 큰 존재의 조건 없는 측은지심이 발동한 덕분이다.

신비의 끝에 무엇이 있을지에 대해서는 앞선 전통들이 잘 말해주고 있다. 알면 알수록 모르는 것이 많다는 것만 알게 되며, 그 끝에는 결국 "지금까지의 가르침들은 모두 끝이 아니라 과정이었다. 그저 서로 사랑하라", "파랑새는 네 안에"같이 누구나 이미 알고 있는 허탈하고 허무한 경구가 있을 것이다. 알고 싶어서 열심히 공부했더니 '알 수 없다' 아니면 '이미 알고 있다. 이웃을 사랑하라'라니.

고위 자아(higher self)의 뜻에 순명할 것인가, 이를 활용하여 주도적으로 세상을 바꿀 것인가? 즉 영성가로 살 것인가 마법사로 살 것인가에 대한 문제는 각종 사회문제에 있어서의 진퇴를 결정하는 중요한 열쇠이다.

선악 이분법아, 가라

일반적으로 서양의 세계관은 개인 중심의, 이성적이고 합리적이며 이분법적이며 직선적인 것이고, 동양은 관계 중심, 직관적, 통합적, 순환적인 것이라고들 한다. 해와 달, 낮과 밤, 양과 음, 물과 불, 남과 여, 선과 악 등 모든 것을 둘로 나누고 그중 하나는 좋고 하나는 나쁘다는 이분법적인 사고는 늘 나를 불편하게 한다. 이 중에서도 선악 이분법은 반드시 한번은 짚고 넘어가야 하는 과제 같은 것이었다. 2000년간 수많은 사건 사고를 겪으면서 검증된 안정적이고 안전한 믿음 체계라는 생각으로 그리스도교 입교를 결심한 초보 종교인인 나는, 천국, 부활, 사탄, 마귀와 같은 비현실적인 단어가 등장할 때마다 어쩔 수 없이 한 걸음 물러서게 되었기 때문이다.

플라톤에서 시작한 이분법적 사고는 데카르트에서 극한으로 치달았고, 서양 철학의 다른 한 축인 아리스토텔레스를 시작으로 토마스 아퀴나스, 그리고 현대의 철학자들에 의해 양극단을 통합하려는 시도가 이어지고 있다. 그 양극단의 대표적인 것이 선과 악이다. 그간 어떤 용어를 사용해서 어떤 방향으로 논의를 전개했건, 통합에는 통합의 대상이 있어야 한다. 이것은 곧 선악이 실재한다는 것을 전제하고 있다는 뜻이다. 그러나 괴테는『젊은 베르테르의 슬픔』에서 "악은 오해와 타산에서 비롯된 것일 뿐 실재하지 않는다"고 말하고 있다. 선악 개념은 혹시 인류가 지구에 생겨나기 전에는 존재하지 않았고, 인류가 멸종된 후에는 인류와 함께 멸종하게 되는 것은 아닐까? 사실 우리는 나에게, 우리에게, 인류에게 유익한 것, 또는 내가, 우리가, 인류가 보편적으로 좋아하는 것을 선으로, 반대로 피해를 가져다주거나 혐오하는 것을 악으로 규정하는 경향이 있다.

인류의 조상인 아담과 하와가 선악과를 먹고 나서 세상에 악이 갑자기 들어온 것인지, 선도 악도 아니었던 것들이 인류의 오랜 역사와 경험의 잣대에 의해 홍해가 갈라지듯 둘로 나뉘었는지는 알 수 없다. 종교와 과학, 학문은 서로 영역은 다르지만, '현실의 문제를 잘 반영하고 있고, 해결책도 타당성이 있어 보인다'는 이유로 한때 권위를 인정받다가, 전제가 뒤집히면서 하루아침에 구시대의 유물이 되는 경우가 많다. 아무리 완벽한 실험실에서 거듭 증명을 끝낸 것이라고 해도 우주적 변수와 현상을 모두 설명할 수는 없기 때문이다. 악은 선의 결핍이라는 개념으로 선악을 설명하려 했던 아우구스티누스나 그가 한때 심취했던 마니교 역시 선과 악이 실재한다는 전제를 상정하고 있다. 전제가 존재하는 한, 그 전제가 바뀌면서 모든 것이 뒤집어질 가능성으로부터 자유로울 수 없다.

그러나 모든 사람이 선악 개념을 당연하게 받아들이고 있는 것은 아니다. 선악은 인간이 만든 개념일 뿐이라는 주장도 있다. 현대 심리학에서는 개인 속에 내재해 있는 '마음에 들지 않는 부분', 소위 '그림자'를 대상화하여 투사한 것이 '악'이라고 말한다. 니체는 선과 악이라는 말은 처음부터 있었던 것이 아니며, 원래는 좋음과 나쁨이 있었는데 이것이 순결과 불순을 거쳐 선과 악에 이르렀다고도 한다. 라캉의 세계 구분을 참고한다면, 인간은 상상계, 상징계, 현실계 중 90퍼센트 이상을 환상과 착각, 오인, 약속, 표식, 언어의 세계, 즉 상상계와 상징계에서 살아가고 있다. 선악은 상상계와 상징계에 속한 것일까, 아니면 현실계에 속한 것일까? 한편, 그리스도교에서는 주관적이고 상대적이며 특수하고 개인적인 기준이 아닌, 절대적이고 불변하는 악 몇 가지를 정의하고 있다. 이른바 칠죄종, 즉 교만, 인색, 시기(질투), 분노, 음욕, 탐욕(탐식), 나태는 그 자체가 죄이면서 다른 죄와 악습을 일으킨다고 한다. 또, 인간의 모든 행위는 인간이 만든 기준에 의해 판단되는 것이 아니라, 하느님을 향하고 있는지 아닌지를 기준으로 '식별'되어야 한다고도 한다.

칠죄종은 과연 절대악인가? 악행을 서슴지 않는 나의 생각은 좀 다르다. 교만한 사람은 어느 누구로부터도 환영받지 못하기 때문에, 나 좀 안다, 나 좀 있다 하면서 교만하게 살다 보면 원만한 사회관계를 만들 수 없을 것이다. 이것은 죄라기보다는 스스로 해결해야 할 성격 장애이거나 광대무변한 세상에 대한 무지에 다름 아니다. 인색(탐욕/탐식)도 마찬가지다. 평생을 써도 다 쓰지 못할 만큼 많은 재산을 가지고 있으면서 그 부를 가져다준 사람들과는 나눌 줄 모르는 자본가들에 대해서는 '기업 경쟁력이 국가 경쟁력'이라고 악덕을 묵인하면서, 뭘 어떻게 해도 평생 푼돈만 만질 수밖에 없는 대다수의 사람들에게 욕심을 버리라며 높은 윤리적 기준을 들이대는 것은 말이 안 된다. 탐식도 마찬가지다. 스타슈퍼 푸드코트에서 이만 원짜리 '소량'의 우동을 우아하게 먹는 모습은 선이고 마포에서 돼지껍데기를 허겁지겁 먹는 외국인 노동자의 모습은 탐식이고 악이란 말인가.

심리학에서, 시기(질투)는 영적 성장이 덜된 사람이 자신의 그림자를 투사하는 것으로 설명된다. 인간이 다른 인간에게 분노를 느끼는 것은 공명정대함이나 대의 때문이 아니라 자신이 갖지 못한 것을 가지고 있는 것에 대한 질투인 경우가 대부분이라고 한다. 내 안에서 과도하게 억압되어 있는 것, 내가 습관적으로 돌보지 못하고 있는 부분, 무의식적으로 받아들인 편견이 그림자를 만들고, 그 그림자가 타인에게 투사되는 경우 불쾌감을 느끼게 되는데, 그 불쾌감이 임계점을 넘어서 폭발하는 것이 분노이다. 분노의 궁극적인 희생자는 결국 자기 자신이다. 스스로 자신의 맨얼굴을 맞대면하기 전까지 삶은 우리에게 계속 화를 투사할 대상을 제공해주는데, 이 또한 성장이 더딘 사람의 한계일 뿐 절대적인 악덕이라고 생각하지 않는다.

세상이 허락하는 유일한 미친 짓이 있다면 '사랑'이다. 이불 속 권리에 대해 국가가 더 이상 개입하지 않고 있는 지금, 폭력적이거나 강제적이지만 않다면 문제될 것이 없다는 생각이다. 사랑을 음욕이라고 표현하는 것은 육체는 더럽고(악) 영혼만이 순결하다(선)는 이분법적 논리에 다름 아니다.

나태는 속도 중독, 성장 중독, 효율 중독의 시대에 반드시 필요한 덕목이라고 생각한다. 계속 나태하게 있어서는 생존이 불가능한 가난한 이들은 게으르고 싶어도 게으를 수 없다. 스스로 도저히 용납할 수 없는 부분이 자기 자신 안에 있는 것처럼, 나와 적대적인 관계라고 해서 그 존재 자체를 부정하고 소멸시키는 쪽으로 결론을 내려서는 안 된다. 나와는 다르지만, 최선을 다해 자신이 선이라고 믿는 일을 하는 사람들에게는 그것이 최선이기 때문이다.

그렇다면 절대적 가치는 존재하지 않는가? 전쟁을 일으키고 살상을 저지르는 사람들에게도 그들만의 최선이 있다는 것인가? 모든 것을 상대적으로 보는 것 역시 주관적으로 판단하게 될 여지가 있어서 상당 기간 '절대적 가치'에 대해 생각한 결과 하나를 발견했다. 그것은 '생명'이었다. 인간은 물론이고, 인간이 좋아하는 반려동물도 물론이며, 파충류와 잡초와 해충, 뱀과 지렁이와 모기와 바퀴벌레도 모두 신의 창조물인 생명이다. 우리는 모두 살아 있으라는 명령을 받은 존재들이다. 인간은 동식물의 피와 살을 먹어야만 생명을 유지할 수 있다. 다른 생명을 살리겠다고 굶어 죽을 수는 없는 일이다. 그러니 '생명은 절대 죽여서는 안 된다'는 것 역시 절대적 가치는 아니다. 최선은 살생을 최소화하는 것이다.

여행 중에 한 채식주의자를 만난 적이 있다. 도덕적 우위에 있는 듯 으스대는 그에게 왜 채식을 하게 됐느냐고 물었더니 그는 "동물들은 내 친구니까"라고 답했다. "그럼 사과는 네 적이라서 그렇게 먹어 없애니?"라고 말해주고 싶었지만 참았다. 생명과 함께 '평화'를 절대적인 가치로 내세우는 경우가 많다. 누구를 위한 평화인지 불분명한 상태에서 거짓 평화를 강요당할 위험이 있고, 싸워서 해결해야 할 일은 싸워야 할 수도 있기 때문에 일단 배제하는 것이 맞다고 본다. 예수 그리스도가 성전 앞마당을 뒤엎었던 일은 결코 평화로운 장면은 아니었을 것 같다.

그렇다면 선악이 있는지 없는지도 불분명한 상황에서 어떻게 판단하고 행동해야 할 것인가?

1. 원수를 사랑하라

법이나 도덕, 종교의 계율로 강제하지 않아도 우리는 우리가 좋아하는 사람을 위해서는 스스로를 기꺼이 희생하기도 한다. 그러나 예수 그리스도가 강조한 사랑은 자기나 자기와 동질적인 이웃 사랑의 수준을 넘어 최고 수

준의 사랑인 원수를 사랑하는 것이었다. 원수를 사랑함으로써 원수와 우리 속에 형성된 증오와 대결의 관계, 죽음과 죽임의 관계가 사라진다. 그림자 투사를 기억하라. 원수 안에 있는 모습은 내 안에도 있다. 원수를 사랑한다는 것은 자신의 부족한 부분을 인정하고 사랑한다는 것이다.

2. 판단 유보―에포케

우리는 우리를 위해 준비된 신의 계획을 알 수 없다. 드라마 대본과·촬영 콘티가 다른 것과 마찬가지다. 매번 촬영 직전에 쪽대본을 받는 배우가 있다고 치자. 한곳에서 외출복을 입고 웃다가 금세 평상복을 입고 우는 장면을 촬영하면서 맥락 없는 대화를 이어가는 배우들은 전체 줄거리를 알 수 없다. 이유를 알 수 없는 장면들을 다 촬영하고 난 후, 그 장면들이 대본의 순서에 따라 '편집'되었을 때에야 비로소 기승전결을 알 수 있게 된다. 우리와 다른 존재들의 모든 행동도 마찬가지다. 우리의 하루하루는 이동 거리와 촬영 시간에 따라 정리된 촬영 콘티에 따라 펼쳐진다. 신은 쪽대본만 던져주는 드라마 작가이고, 우리는 그의 대본에 따라 연기하는 배우다. 악역을 맡은 배우가 실제로 악인은 아닌 것처럼, 우리는 그가 우리에게 부여한 역할을 수행하고 있는 것일 뿐이다. 드라마는 끝나기 전에는 끝난 것이 아니다. 시청자들의 빗발치는 요구에 떠밀려 결론이 바뀌기도 하고, 맨 마지막 장면에 어떤 것을 편집해 넣느냐에 따라 희비가 엇갈리기도 한다. 그러니 섣부른 판단은 금물이다.

바그완 스리 라즈니쉬는 "판단이 있는 곳에 투사가 있다"고 했다. 투사를 거두어야 실재가 보이는데, 우리가 어떤 관념에 사로잡혀 있는 순간, 우리는 관념의 투사를 행할 수밖에 없다는 뜻이다. 철학을 하는 방법론인 '판단 유보'의 대상을 선악에까지 확장시키는 것은 무리일까? 선인지 악인지 판단을 유보하고—그 판단은 신에게 맡기고—선과 악이 있는지 없는지에 대해서도 판단을 유보하는 것은 어떨까? 실재 여부도 불분명한 악의 존재에 집중하여 우리의 분노 에너지를 발산시키기에는 우리 인생이 너무 짧다.

비슷한 생각을 했던 이전의 철학자들을 찾던 중 니체를 발견하게 되었다. 그의 주장은 선이니 악이니 하는 것은 적에 대한 복수의 방편으로 고안해낸 것에 불과하고, 그것은 반자연적 가치로써 생을 위협하고 확대해왔으며 인간에게 자신의 본성에 반하는 삶을 살도록 사주해왔으며,

그 결과 인간은 자연 속에서 누렸던 건강을 잃고 병들어 신음하게 되었다는 것으로 요약된다. 니체의 메시지는 분명하다. 병이 더 깊어지기 전에 인간을 기만하고 학대해 온 선과 악의 족쇄에서 벗어나 그 이전의, 선과 악 저편의 자연적 삶으로 돌아가야 한다는 것이다.

선악의 기준은 물론 실재성조차 부정한다면, 순간순간 다가오는 수많은 선택지들 중 과연 어떤 것을 선택해야 하는가 하는 문제는 여전히 남는다. 위에 언급한 '생명'이 하나의 기준이 될 수 있다. 신의 섭리로 태어난 생명이 덜 죽어나가는 쪽을 선택하는 것이 신의 뜻을 한 치도 헤아릴 수 없는 무지한 인간이 할 수 있는 최선이다.

그리고 우리 인간은 생각보다 그렇게 합리적이지 않아서 선이라고 생각하는 것을 실제로 행하는 경우가 생각보다 많지 않다. 우리는 어떤 때는 한 사회의 보편적 선을 따르기도 하고, 또 어떤 때는 순간순간 변하는 개인의 호불호에 따라 즉흥적으로 행동하기도 한다. 어떤 선택을 하든, 그것은 일개 배우인 우리의 계획이 아니라 우리가 채워나가는 일일 드라마의 작가이자 연출가인 신의 계획이다. 그러므로 내 기준으로 판단하지 말고 내 선택에 담겨 있는 신의 계획에 온전히 몸을 맡기는 것, 이것이 갈림길 앞에서 우리가 해야 할 '어떻게'이다.

수많은 사람들이 "이렇게 하지 않으면 비정상"이라는 도덕률에 묶여서 정상인 사람인 척, 선한 사람인 척하며 그렇지 않은 자들을 손가락질하고, 이율배반적인 자기 자신의 모습에 괴로워한다. 정작 '정상'이라는 원 안에 속한 사람은 없을 수도 있는데 다들 무리하게 발을 뻗어서 그 원 안에 발끝이라도 닿으려고 하는 모습을 보면서, 이 주제에 관심을 가지게 되었다.

까르띠에 반지의 원가

나는 군더더기 없이 딱 떨어지는 디자인의 까르띠에 러브링 반지를 좋아한다. 얼마나 좋아하냐 하면, 간 크게도 만나던 사람을 졸라서 그 반지를 사달라고 할 정도다. 내가 원했던 건 그냥 반지였는데 다이아몬드가 군데군데 박혀 있는 것을 받아서 100퍼센트 만족스럽지는 않았지만, 그래도 한동안 기뻐하며 끼고 다녔다. 그러던 어느 날, 설명하자면 복잡한 어떤 이유로 낯선 여자에게 선물했다.

너무 좋아서 죽는 날까지 빼지 않겠다고 스스로한테 다짐했었던 반지. 다이어트의 바로미터 역할을 해주던 반지가 없어지자 몹시 허전했다. 다시, 나는 당시 만나던 사람을 졸랐고 이번에는 미니 러브링을 선물 받았다. 다이아몬드도 없고 플래티넘의 두께도 얇았지만, 이전 반지보다 마음에 들었다. 사실 첫번째 반지는 너무 두꺼웠다. 아무튼.

첫번째 반지를 계속 끼고 있던 어느 날, 종로에 있는 보석상을 찾은 적이 있다. 이런저런 말을 나누면서 상담을 하다가 차고 있던 보석류들을 맡기고 세척을 부탁하게 되었다. 친구는 혼수로 받은 팔찌와 목걸이를 내밀었고, 나는 반지를 내밀었다. 세척한 반지를 건네주면서 점원이 "A/S 맡기셔야겠어요. 18K가 올라오고 있는데요"라고 말했다. 나는 발끈해서 "18K라니요? 플래티넘인 줄 알고 있는데요"라고 했더니 그 반지가 글쎄 플래티넘이 아니라 18K를 약품 처리한 거라는 얘기였다. 그 말을 듣고 생각해보니, 반지가 점점 노래지고 있다는 느낌을 받았던 기억이 났다. 점원이 반지 안쪽에 숫자가 뭐라고 쓰여 있나 확인해보라고 하길래 자세히 보니 750이라는 숫자가 새겨져 있었다. 750은 18K라는 뜻이란다. "아니 순금도 아니고 18금이 뭐 그리 비쌉니까?" 했더니 그 사람 말이, 반지에 박혀 있는 다이아몬드도 칠팔만 원이면 살 수 있다는 거다. 즉, 팔만 원짜리 다이아몬드 세 개랑 18금 두세 돈 정도 있으면 내가 끼고 있던 반지를 만들 수 있다는 뜻이다. 지금 시세로 계산해봐도 원가가 백만 원에 훨씬 못 미치니, 원가율이 20퍼센트도 안 되는 셈이다. 물론 뒷골목에서 만든 것보다 솜씨도 정교하고, 나름의 만드는 비법이 있는 것들이겠지만 재료비의 다섯 배가 넘는 돈을 브랜드 값으로 지불하고 있다는 생각이 드니 기가 막혔다.

옷방을 정리하던 날이 생각난다. 루이비통 가방 속을 들여다보다가 '합성피혁'이라는 단어를 발견하고는 깜짝 놀란 적이 있다. 아니, 비닐로 만든 가방에 몇백만 원을 쓴단 말인가? 그때는 그래도 나름 이해해보려고 했다. 비닐로 가죽 못지않은 고급스러운 느낌을 주도록 마감을 처리한 방식은 노하우라면 노하우고, 소지품을 넣는 용도라면 생명의 가죽보다는 비닐이 나을 수도 있다고. 다이아몬드 하면 생각나는 티파니도 마찬가지다. 이들의 핵심 기술은 어쩌면 다이아몬드 커팅이 아니라 다이아몬드를 잡아주는 기술일 수도 있다. 그렇게 공들여 깎은 다이아몬드를 그렇게 비싸게 주고 샀는데 목줄이 끊어지거나 반지에서 떨어져 나간다면 어떻게 되겠느냐 말이다. 명품의 가격은 그들이 내세우는 노하우뿐만이 아니라 이면의 기술이나 철학의 영향도 받지 않을까 하는 생각이다. 그런데 이 반지는 대체 뭐를 노하우라고 봐야 할까? 숨겨진 철학은 뭘까? 그리고 이 사람들은 이렇게 말도 안 되는 가격으로 명품을 파는데 우리는 왜 안 되는 거지?

자연의 법칙에 승복하라

137억 년 되었다는 우주의 역사를 요약하다 보면 델포이 신전에 새겨져 있다는 "너 자신을 알라"라는 경구와 마주치게 된다. 시작과 끝을 알 수 없는 시간과 공간 속을 떠도는, 흔적조차 미미한 인간이라는 종에게 '과학적인' 방법과 언어를 동원해서 존재의 참모습을 일깨우려 한다면 우주적 관점만큼 좋은 것이 없을 것 같다.

지금까지 확인된 바에 따르면 우주의 나이는 137억 살이며 태양의 나이는 47억 살이다. 우주에는 1000억 개의 은하가 있으며, 우리 은하에는 1000억 개의 별이 있는데 태양은 그중 하나로, 전체 우주의 1000억 분의 1×1000억 분의 1에 불과하다. 그 태양 질량의 33만 분의 1인 지구의 나이는 46억 살이며, 38억 년 전에 최초의 생명체가 생겨났다. 5억 4천만 년 전쯤 삼엽충이 생겨나 3억 년 정도 지구를 주름잡았다. 지구에 최초의 인간이 출현한 것은 260만 년 전이다. 인간이 머릿속에 상상한 사건을 벽에 그리기 시작한 것은 13만 년 전이며, 4만 년 전에 시작된 구석기 시대와 1만 2천 년 전에 시작된 신석기 시대 동안 수렵과 채집 생활을 했다. 본격적으로 농경 생활을 한 청동기 시대는 기원전 3500년경에 시작되었다. 산업화의 역사는 300년이 채 되지 않으며, 최초의 컴퓨터가 1939년, 최초의 인터넷이 1969년, 최초의 검색 엔진인 야후가 1995년에 만들어진 것을 감안하면, 정보화 시대는 아무리 길게 잡아도 100년을 넘지 않는다. 즉, 인류는 최초로 출현한 이후 지금까지 99.8퍼센트의 시간을 수렵과 채집으로 보냈고, 0.4퍼센트가량 농경 생활을 했으며, 0.01퍼센트만큼의 산업화 시대를, 0.003퍼센트만큼의 정보화 시대를 살아가고 있는 것이다. 우주의 나이에 비하면 소수점 이하 0의 수를 세기 바쁠 만큼의 짧은 시간 동안 습득한 지식과 정보를 바탕으로 누구는 능력이 있고 누구는 뒤처지며, 어떤 종은 고등하며 어떤 종은 열등하다고 평가하고 차별하는 것은 삼엽충이 웃을 일이다.

요즘의 우리가 자연을 감정도 없고 마음도 없는 무감한

대상으로 바라보는 데 익숙한 반면, 옛날 우리 조상들은 세상에 존재하는 모든 것을 마음을 가진 존재로 느꼈고, 강도 산도 바다도 때로는 기뻐하고 때로는 분노한다고 생각했다. 자신을 제외한 나머지 것을 모두 사물화하는 태도는 소외를 낳는다. 인간이 이처럼 스스로를 세계와 단절된 존재로 여기고 인간을 제외한 나머지 존재를 인간의 지배 대상으로 바라보고 도구화하는 사고방식은 인간만이 유일하게 영적인 존재라는 환상에서 비롯된 것이다. 과연 그럴까? 「혹성탈출」이라는 영화를 보면, 인류가 가꾼 문명이 몰락하고 나서 지구는 원숭이 종족의 지배를 받게 된다. 인류의 종 차별주의를 그대로 계승했는지, 그들 역시 신을 자기 모습으로 생각하고 자기를 닮은 신을 숭배한다. 그들은 신이 자기 모습을 본떠 지구의 주인인 원숭이를 만들었다고 생각하며, 자신들의 모습을 닮은 신의 초상을 그리고 이것을 숭배한다. 그 신의 얼굴은 원숭이였다. 상상력에 기반한 SF 영화라며 가볍게 지나칠 문제는 아니다. 인간이 하는 것을 다른 종은 하지 못하라는 법은 없기 때문이다.

식물도 마찬가지다. 인간은 자연에서 벗어나 자연 바깥에 존재하면서 자연을 지배한다고 착각하고 있다. 그렇지만 마이클 폴란의 『욕망하는 식물』을 보면 인간이 자신들보다 열등하다고 여기는 식물에게 완전히 이용당하고 있다는 것을 알 수 있다. 어느 날 씨를 뿌리던 저자는 문득 그가 정원에서 하는 역할과 꿀벌의 역할이 다르지 않다는 것을 깨닫는다. '나는 작물을 심고, 잡초를 뽑고, 곡물을 수확한다'라는 일상적인 표현은 사실은 종 차별주의적 사고가 빚어낸 허구이며, 식물들이 인간을 이용하여 자기들이 직접 하지 못하는 어떤 것을 대신 수행하게 만들고 있다는 것을 알아차렸기 때문이다. 인간과 식물의 관계에서 주체와 객체를 의식적으로 나누고, 스스로를 주체라고 생각하는 것은 착각이다. 둘의 관계는 서로에게 이익을 줌으로써 각자의 이익을 챙기는 과정으로, 식물은 인간의 욕망을 자극하여 자신의 종을 퍼뜨리고, 인간은 식물로부터 먹을 것을 얻는다. 꿀벌과 꽃이 주체 대 주체로 만나 협업하는 반면 인간은 여전히 으스대며 식물의 운명을 좌우한다고 생각하고 있다. 꿀벌이 인간보다 더 현명하고, 식물이 인간보다 영악한 것 아닌가?

그리스도교인은 하느님이 자신과 닮은 모습으로 인간을 만들었다고 한다. 만약 그렇다면 하느님은 열성 돌연변이인 것이 분명하다. 인간은 문명 이전의 자연 상태로만 본다면 지구상에 존재하는 생명체 중 가장 열등한 종일지도 모른다. 창조된 순서를 봐도 인간은 가장 마지막

날에 태어났으니 생명체 중 막내에 해당되는 셈인데, 지금 상황을 보면 이건 막내가 일종의 쿠데타를 일으킨 거나 다름없다.

「리니지」같은 온라인 게임에서 상대방과 싸워 이길 때마다 전투력을 강화하는 아이템을 얻는 캐릭터들처럼, 생존을 위해 털가죽과 손도끼로 무장해야 했던 인간은 현대에 와서는 아예 철갑을 두른 것처럼 보인다. 2백만 년 넘게 맹수를 피해 하루 종일 도망 다녀야 했던 과거 따위는 까맣게 잊은 지 오래다. 나약하고 경쟁력 없던 존재가 지구상에 번성하게 되기까지, 열성 돌연변이에 대한 온 우주의 보이지 않는 보살핌이 있었다는 것을, 그리고 그 보살핌에는 아무런 조건도 이유도 없었다는 것을 기억해내야 한다. 강하고 힘센 종만 살아남는 것이 자연의 법칙이라면, 지구에는 맹금류밖에 존재하지 않았을 것이다. 인위적인 더께를 벗고 자연의 법칙에 순종해야 한다. 만물은 서로 돕는다. 이것이 자연의 법칙이다.

결국 문제는 '우리'의 범위를 어디까지로 보느냐이다. 우리 집, 우리 회사라는 말에서 잘 드러나듯, 우리나라 사람들이 특히 잘하는 편 가르기, 구분 짓기는 같은 편에게는 어려울 때 도움을 주는 든든한 버팀목을 만들어주지만, 그 외의 구성원들에게는 넘을 수 없는 벽을 만든다. 우리 집 개에게는 북어를 고아 주지만, 우리 동네에 노숙자가 나타나면 당장 신고한다. 그러나 세상의 모든 존재는 하나로부터 나왔으며 서로 연결되어 있다. 지구를 이루는 모든 존재는 지구의 자궁 안에 있는 형제이며, 지구 또한 다른 별들과 함께 우주의 자궁 안에 있는 형제다.

생명은 소중하며, 존엄하다. 그리고 세상에 존재하는 모든 것들은 살아 있거나, 예전에 살아 있었거나, 앞으로 생명이 될 가능성이 있는 존재이다. 다른 존재를 어느 수준까지 존중해야 할 것인가 하는 문제는 흥미롭고도 중요하다. 사람이 사람을 사유재산처럼 사고팔고 죽이던 때가 불과 200년 전이었다. 100년 이내에 파리를 죽였다고 감옥에 가게 되는 일이 일어나지 않는다고 말할 수 없다. 나와 너의 경계를 넘어, 인간과 자연의 경계를 넘어 통합적으로 접근할 때에만 문제 해결의 실마리를 잡을 수 있다.

2부

기억을 다시 모으다

생각의 노예가 되지 말자

나의 주인은 누구인가? 내 몸의 주인은 누구이며 내 마음 정신 내지 영혼의 주인은 누구인가? 나는 누구의 의지에 따라 움직이는 건가? 내 몸은? 내 마음은?

나는 '나'의 의지에 따라 움직인다. 여기서 '나'는 뇌인가? 아니면 뇌가 만들어내는 산출물(생각)인가?

이런 사춘기 때나 딱 어울리는 생각을 지금까지 하고 앉아 있다니. 그리고 아무리 공부를 안 했어도 그렇지 명색이 '철학 계열'을 졸업하고도 좀더 깊이 고민할 건더기가 이렇게나 하나도 없을 수 있다니. 놀랍다. 정말 놀랍다. 그렇다고 모르는 걸 아는 체할 수도 없는 일이다. 좀 유치할지 몰라도 궁금해하면 안 된다는 법은 없으니까.

어느 날, 존경하는 분으로부터 "생각한테 놀아나지 말고 생각을 관리해라. 생각의 노예가 되지 말아라"라는 말을 들었다. 나는 그때까지 내가 생각을 하고 있다고 알고 있었는데 그의 말은 생각이 생각을 한다는 거다. 그는 또, 실제에 비해 고평가하면 나중에 실망하게 되고 저평가를 하면 무기력해지기 마련이니, 평가의 높고 낮음과 관계없이 변하지 않는 가치가 있다는 것을 잊지 말라고 했다. 가치는 그 자체로 존재하는 것이고 상황에 따라 흔들리지 않는 것이라고도 했다. 스스로에 대해 과대망상을 해서도 안 되고 스스로를 지나치게 비하하지도 말라고 했는데 과대망상과 자기 비하로 스스로를 파멸로 이끄는 그 '생각'에 휘둘리지 말라는 것이 요지였다.

무슨 뜻인지는 알겠는데 그 말을 듣고 나서부터 도대체 나를 좌우 극단으로 조종하는 게 무엇인지 궁금해서 참을 수가 없어졌다. 왜 그 '생각'이라는 것은 내 의지와 관계없는 부산물을 자꾸 만들어내는 거지? 너는 뇌인 거니? 아니면 뇌는 그냥 생각 공장일 뿐이고, 일단 뇌에서 나와서 혼자 자가발전 하는 또 다른 그 무엇이니? 아니면 그냥 호르몬이나 화학물질 같은 거니? 이도 저도 아니라면 너는 도대체 뭐니? 그리고 이건 대체 어느 범주 안에 들어가 있는 문제인 건지. 철학인지 심리학인지 의학인지 아니면 화학인 건지 궁금하다. 그걸 알아야 내가 나를 잘 다스릴 수 있을 것 같은데. 나는 그게 고장이 난 건데 그게 뭔지 모르니 고칠 방법을 못 찾겠다.

그들의 언어로 말하라

강한 자가 살아남는 게 아니라 살아남은 자가 강한 거
라는 말, 혹자는 영화 「황산벌」에서 김유신이 했다고 하
고 혹자는 드라마 「황진이」에서 매향이가 했다고 한다.
나대지 않는 성격과 소녀 취향의 억양, 느리고 조곤조곤
한 말투가 특징인 사회 선배는 '소극적'으로 보인 게 화근
이 되어 몇 년을 밀리고 쓸리며 변방을 떠돌다가 뒤늦게
부장이 되었다. 해가 바뀌는 어느 날, 송구영신 인사를 위
해 그분을 만났을 때 그분으로부터 "그들의 문법에 맞추
라"는 말을 듣고 적잖이 충격을 받았었다. 아무리 생각해
도 납득할 만한 답을 찾기 어려웠다. 나는 잘못된 방법,
잘못된 결정을 하는 사람들이 틀렸다는 것을 증명하고 싶

고, 그들이 하는 것과는 전혀 다른 방법으로 그들이 저성과자로 평가하고 비주류로 분류한 사람들과 함께하고 싶다고 말했다. 그분은 "그러려면 일단 의사결정권자가 되도록 해"라고 답했다.

여기서 또 다른 고민은 시작되었다. '섬세하고 부드러운 특성을 잘 살리면 더 나은 성과를 낸다는 것을 보여주는 건 의미가 있다'라는 것과, '내가 의미 있는 무언가를 하고 싶어 하는 건 결국 영향력과 지배력을 높이려는, 그래야만 살아남는 영역 싸움의 또 다른 변형이다'라는 것 사이의 각축이랄까. 적어도 나는 진흙탕에서 엎치락뒤치락하지는 않는다는 것에 스스로 만족할지는 모르겠지만, 결국은 경쟁에 나서되 '우아한' 방법으로 이기고(!) 싶어 하는 게 아니냐는 것이다. 이 문제는 아직도 해결되지 않았고, 따라서 '그들의 언어로 말하라'는 그분의 충고는 수년째 집행이 유예되고 있다. 유예 기간 내내 그들은 나를 보며 표정을 관리했고, 나는 그런 그들을 보며 상처를 받아왔다. 어쩔 수 없는 일이다.

22층 높이에서 떨어지기

55미터 높이의 번지점프대로 올라가는 엘리베이터 앞 교육장 바닥에는 노란색 선이 그어져 있었다.

노란 선 앞에 서십시오.

발을 노란 선 밖으로 1/3쯤 내미셔야 합니다.

바로 아래로 그냥 뛰어내리면 물에 빠집니다.

손을 앞으로 벌리고 제자리 멀리뛰기를 하듯이 앞으로 멀리 뛰십시오.

첫 바운스 때 밧줄이 얼굴을 때려 상처를 입을 수 있으니 손으로 얼굴을 가리십시오.

난간이나 교관을 붙잡으시면 절대 안 됩니다.

어제 했던 얘기 오늘 또 하고, 오늘 하는 얘기 내일 또 해야 되는 교육을 벌써 지겨워하는 교관의 성의 없는 설명을 듣는 동안 사뭇 진지한 자세로 동작을 그대로 따라 했다. 그날의 첫 팀으로 열 명쯤이 한꺼번에 교육을 받았고, 나와 동료들이 잠깐 머뭇거리는 사이에 다른 네 명이 엘리베이터를 탔다. 2층 엘리베이터 앞에서 기다리고 있는데 한 명이 뛰어내렸다. 5분쯤 기다리다 번지점프대에 올라갔더니 바람이 세게 불고 있었고 먼저 올라갔던 웬 여자 하나는 울어서 눈물 범벅이 되어 있었다. 교관은 일고여덟 명을 몸무게에 따라 두 줄로 세우더니 누가 먼저 뛸 거냐고 물었다. 망설임 없이 손을 들었고 무덤덤하게 점프대로 향했다. 점프대 끝에 발을 1/3쯤 내밀었을 때 잠깐 현기증이 나서 난간을 잡았다. 내가 과연 잘할 수 있을까 살짝 걱정을 하고 있을 때 바로 옆에서 교관 목소리가 들렸다.

"자, 심호흡하시고…… 카운트다운 들어갑니다. 5, 4, 3, 2, 1, 번지!"

정말, 힘차게 점프대를 밀면서 앞으로 몸을 던졌다. 수식을 까먹어서 떨어지는 데 정확히 몇 초가 걸렸는지 알 수 없지만 제법 긴 시간이 흐른 것 같았다. 높은 곳에서 떨어져 죽을 때 이런 기분일까. 내가 지금 날고 있네. 아 정말 재밌다. 뭐 이렇게 생각을 세 가지나 할 정도였으니까. 짧은 순간 느꼈던 그 해방감과 짜릿함을 어떻게 말로 표현할까. 나만 그렇게 느꼈던 것은 아니다. 같이 갔던 동료들은 남녀노소 가리지 않고 한 치의 망설임 없이 뛰어내렸고, 내려와서는 한 번 더 하고 싶다고 했다. 동료들과 번지점프를 간 이유는 우리가 극한 스포츠를 즐겨서도 아니고, 다른 즐길 거리가 없어서도 아니었다. 막연히 앞날을 두려워할 게 아니라 내게 주어진 상황과 조건을 먼저 살펴야 한다는 것, 내가 할 수 있는 것과 해서는 안 되는 것이 무엇인지를 제대로 알아야 한다는 것, 그리고 안전한 놀이터라고 판단되는 상황에서는 두려움을 떨치고 마음껏 즐겨야 한다는 것을 말해주고 싶었다.

혹시 몰라서 출발하기 전에 두 친구한테 문자를 보냈었다. "번지점프 하러 간다. 죽을지도 몰라." 다행인지 불행인지 죽지는 않았지만, 떨어지는 게 무섭지 않아져서 두고두고 걱정거리가 되었다.

역사 속의 장미의 숲

방배동에 있던 '장미의 숲'은 1976년에 문을 열었고 2007년에 영업을 중지했다. 없어진 지 10년도 넘은 셈이다. 카페에서 아구찜집, 단란주점에서 호스트바, 안마시술소까지 다른 가게들이 간판과 업종과 업태를 바꿔가며 명멸을 거듭해온 방배동 카페 골목에서 만 30년이 넘도록 꼿꼿하게 자리를 지키는 곳은 손에 꼽을 정도로 적다. 지금은 재개발로 흔적도 없이 사라졌지만, 당시에는 방배동 카페 골목 근처에서 일한다고 하면 대부분의 사람들이 "아, 나 거기 '장미의 숲' 가봤어"라고 응수했다.

문을 닫기 바로 전날 들은 얘기로는, 건물 주인이자 '장미의 숲' 사장이기도 했던 분이 재개발 사업자에게 건물을 팔았고 새 업장을 어디에 열지 정하지 못해서 일단은 문을 닫는데 어떻게 될지는 알 수 없다고 했다. 생치즈를 얹어서 화덕에 구운 피자와 싱싱하고 아삭아삭한 재료로만 만든 신선한 샐러드와 무엇을 시켜도 절대 후회하지 않는 파스타와 메인 메뉴들을 못 먹게 됐다는 생각에 어찌나 아쉽던지. 20년 가까이 드나들면서 서로 편하게 인사하게 된 지배인님과 다른 웨이터분들을 다시 못 볼지도 모른다 생각하니 서운함이 훅 밀려왔다. 게다가, 이제는 세상에 없는 현대 미술가인 정찬승 씨가 직접 만든, 장미 모양의 조명과 어린 왕자 벽화와 종이로 만든 천장 장식과 별자리 벽화를 볼 수도 없고, 매일 아침 신선한 장미 한 바구니가 장미의 숲으로 배달되는 것도 볼 수 없으며, 식사하는 동안 꼭 한 번은 듣게 되는 패티 김의 "내 마음 야릇할 때 즐겨 찾는 장미의 숲" 노래도 들을 수 없게 된 거다.

30여 년간 그곳에 드나든 열혈 팬들을 생각해서 다시 어딘가에서 문을 열기만을 바랐지만 내 뜻대로 되지 않았다. 지배인님은 백운호수 주변의 레스토랑으로 자리를 옮기셨다 했고, 다른 웨이터분들 소식은 듣지 못했다. 흩어져 사라질 기억을 그러쥐고 앉은 지금, 장미꽃이 그려진 주차 타워마저 그립다.

마지막으로 문을 열었던 그날, 나를 포함한 오랜 단골들은 끝을 짐작할 수 없는 이별을 아쉬워하며 밤늦도록 자리를 뜨지 못했다.

쓰레기 줄이기

생각해보니, 식당에서 잔반을 정리하는 일 외에 내가 하고 있는 또 다른 생활 운동이 있다. 쓰레기를 줄이는 것이 그것이다. 어느 날 문득, 일회용품 사용을 자제하기로 결심했다. 그리고 재활용 쓰레기도 쌓아두지 않고 그날그날 내놓기로 결심하고 실천에 옮겼다. 내가 하루에 얼마나 많은 쓰레기를 만들어내고 있는지 매일 눈으로 직접 확인하다 보니 끔찍했다. 며칠만 내버려두면 캔이며 페트병이며 종이가 수북이 쌓이곤 하길래 '좀더 부지런히 갖다 내놓아야겠다'라고만 생각했지 내가 이렇게까지 많이 내놓는 줄은 몰랐다.

동물들은 흔적을 남기지 않는다고 한다. 흔적을 남기는

그 즉시 천적에게 쫓기는 신세가 되기 때문이다. 내가 배출하는 쓰레기들이 내가 남긴 흔적이라고 생각하니 내 생명줄이 얼마 남지 않은 것만 같았다. 일회용품을 줄일 때 가장 먼저 할 일은 비닐봉지 사용하지 않기. 그러려면 장바구니가 필요했다. 혹시나 하고 잡동사니들을 모아놓은 수납 박스를 열었더니 세상에, 접을 수 있는 장바구니들이 구깃구깃 구겨진 채 여러 개가 쑤셔 박혀 있었다. 이 많은 것들이 도대체 어디서 난 건지. 자연은 여분을 만들지 않는다고 한다. 나한테 남아도는 모든 것은 다른 존재들로부터 뺏은 것이라고도 한다. 어쩌면 나는 가진 게 구석구석에 이렇게나 많은 건지. 누구로부터 뺏은 건지. 누구한테 뭘 어떻게 나눠줘야 할지를 모르겠다.

어쨌든, 그 후로는 늘 접이식 장바구니를 가방에 넣고 다닌다. 재활용 쓰레기와 일회용품의 출처들을 곰곰이 살펴본 그날 이후, 가끔 음식을 주문할 때는 일회용 젓가락이나 포크는 넣지 말라고 말하고 있다. 그래도 넣어져 온 것들은 모아놓았다가 일회용품이라도 갈급한 다른 이들에게 가져다주곤 한다. 페트병을 배출하지 않기 위해 물은 끓여서 마시고 있다. 흔적으로 남겨지는 병도 병이지만, 생수를 마실 때마다 드는 생각 때문이다. 생수업체들에게는 미안하지만, 지구 표면에 흐르고 있는 물만 해도

차고 넘치는데 굳이 힘들게 땅을 파고 들어가 지구 속살
에 맺힌 물을 퍼 올리고, 그걸 또 비싼 돈을 주고 사 마실
필요가 있을까 싶다.

뼛속까지
정직해진다는 것

한 외국인 친구는 주변 친구들과 토론하는 것을 좋아하는데, 가끔 다시는 안 볼 것처럼 싸움을 하곤 한다. 그 친구와 심하게 다투었던 어느 날 이후, 한동안 글을 쓸 수가 없었다. 감히 글을 짓겠다는 것도 아니고, 박약한 기억력을 보강하기 위해 의미 있었던 일상을 사실대로 기록하는 일까지 할 수가 없었다. 모든 생각의 끝에는 항상 친구가 내뱉은 한 문장, "You are not fully honest"가 껌처럼 달라붙었다. 저 문장이 줄곧 머릿속을 빙빙 돌았고, 급기야 그것은 '나는 정직하지 않아' 놀이로 발전하기에 이르렀다. 예를 들자면 이런 식이다.

당신은 아름답고 매력적인 영혼을 가졌어.

(응. 그렇지만 나는 뼛속까지 정직한 인간은 아니야.)

내가 너를 얼마나 좋아하는 줄 아니?

(그러지 마. 나는 뼛속까지 정직한 인간이 아니야.)

여전히 좋아해, 친구로.

(이해해. 나는 뼛속까지 정직한 인간은 아니니까.)

불필요하게 자학하거나 하지 마.

(고마워. 그렇지만 나는 뼛속까지 정직하지는 않아.)

이제는 다른 사람들한테 피해주는 일은 그만해.

(미안했어. 뼛속까지 정직하지 않아서 그랬나 봐.)

　그러다 지쳐 나를 찬찬히 관찰하기에 이르렀다. 나는 왜 유독 이 말에 예민하게 반응하는 것일까? 내가 정말 뼛속까지 정직하지 않아서 그런가 보다. 왜 그럴까. 나는 왜 그럴까. 그러다 다시 생각한다. 세상에 어느 누가 뼛속까지 정직할 수 있을까? 그렇지만 그 말을 꺼내는 순간, 그나마 그간 정직하고 싶은 마음에 기울여왔던 모든 노력이 허사가 되는 것 같은데다가 구질구질한 변명처럼 생각되었다. 세상에 어느 누가 뼛속까지 정직할 수 있냐고. 아무리 정직하게, 사실을 있는 그대로 말한다 하더라도 그것은 그 사실에 대한 그의 설명이지 그 사실 자체는 아니라는 점에서 우리는 모두 정직하지 않다. 정직해지기 위해 우리가 할 수 있는 최선은, 언제나 어디서나 누구에게나 똑같이 할 수 있는 말을 하는 것이다. 상대가 있든 없든.

어려운 일이다. 그렇다면 조용히 침묵을 지키는 것이 최선이다.

잔향이 오래 남는 책들

사람이 책을 선택하는 게 아니라 책이 사람을 선택한다는 말을 들은 적이 있다. 아무리 눈에 잘 띄는 곳에 꽂혀 있어도 손이 안 가는 책이 있는 반면, 몇 년 동안 구석에서 자리만 지키고 있던 책을 문득 손에 쥐기도 한다. 책도 사람처럼 만나게 되어 있으면 어떻게든 만나게 되는 것 같다. 옛사랑이 출판사에서 묶음째로 받아 와서 집에 부려놓았던 『서재 결혼시키기』가 그랬고, 책 골라주는 것을 즐기는 상사가 주신 누렇게 바랜 작은 책 『나의 서양 미술 순례』가 그랬다. 두 책 모두, 처음에 받았을 때 잠깐 들추고는 읽기를 포기했던 책이다.

『서재 결혼시키기』는 책 읽기를 좋아하던 친구가 추천

해주었다. 책장에서 본 기억이 나서 살펴보니 옛날에 넣어두었던 딱 그 모습 그대로 꽂혀 있었다. 그 책을 다 읽고 나서 제일 먼저 한 일은 책장의 책을 분류하는 일이었다. 내가 가진 책들은 대략 인문, 경제경영, 소설, 종교 등으로 분류할 수 있었다. 여기에 '내가 산 책'과 '지인들로부터 받은 책'이라는 분류 기준을 추가했다. 희한하게도, 누가 어떤 책을 내게 주었는지 또렷하게 알 수 있었다. 그 책들 사이에서 지난 사랑의 흔적들이 덩어리째 뭉텅뭉텅 쏟아져 나와서 한동안 손을 놓고 감정을 추슬렀던 기억이 난다.

『나의 서양 미술 순례』는 귀여운 구석이 있는 회사 후배가 내지에 자기 이름을 써서는 책상 위에 슬며시 놓고 갔던 책이다. 표지도 바뀌고 양장본으로 곱게 단장되어 있어서 처음에는 그 책이 그 책인 줄 몰랐다. 후배의 기특한 정성을 생각해서 몇 페이지 넘기다 보니 낯익은 느낌이 들었다. 집에 가서 책장을 뒤졌더니 같은 제목의 작고 누런 책이 있었다. 저자가 유럽의 여러 미술관을 다니면서 그림을 보고 감상을 말하는 책으로, 어렵고 딱딱해 보이기만 했는데 다시 찬찬히 보니 그렇지 않았다. 그림을 보고 울어본 적이 있다. 뉴욕 구겐하임 미술관에서였다. 작가가 누구인지도 모른 채로 무작정 찾은 한 전시관에서, 병상에 누운 소녀 옆에서 한 여자가 슬퍼하는 모습을 그린 그림을 보았다. 여자를 물끄러미 바라보는 소녀가 처연하고 가엾어서 정말로 많이 울었었다. 그때의 기억을 떠올리며 몇 년 만에 다시 집어든 책은, 설명이 없었다면 그냥 지나쳤음에 분명한 그림들을 놓고 이런저런 말을 하고 있었는데, 그 설명들이 어쩐지 불편하고 낯설었다. 차라리 모르는 게 나았을 것 같은 역사적 사실들, 진득진득한 슬픔이 묻어나는 밀도 높은 감정들, 정성껏 오래 꼭꼭 씹어야 제맛을 알 수 있는 표현들 때문에 페이지를 넘기기가 힘겨웠다. 얇은 책 한 권을 다 읽는 데 장장 두 달 가까이 걸렸다. 책을 다 읽자마자, 언젠가 다시 한 번 더 읽어야겠다는 생각이 들었다. 이 책의 작가가 서승 서준식 선생의 동생이라는 것을 알고 나니 한 자 한 자 꾹꾹 눌러쓴 듯한 그의 글이 이해가 되었다.

흙으로 돌아가는 길

요즘 부쩍 장례식장을 자주 찾게 되면서 나중에 나를 어떻게 수습해달라고 할 것인지 생각을 많이 하게 되었다. 예전에는 매장 아니면 화장밖에 없었지만, 지금은 수목장도 있고 풍장도 있다는 것을 알게 된 터라 방법을 결정하기 전에 의미를 따져봐야 한다.

금방 썩는 관을 사용한다면, 매장은 흙으로 돌아가는 가장 자연스러운 방법이긴 하다. 그렇지만 땅을 많이 차지하는데다가 찾아올 사람도 없는 관계로 제일 먼저 통과. 화장은 의도는 나쁘지 않은데 단단한 통에 기약 없이 갇혀 있어야 해서 좀 별로다. 자연과 한데 섞이기까지 시간이 오래 걸리니 지루할 것 같다. 흙으로 돌아가는 시간을 부자연스럽게 압축하는 것도 그리 달갑지 않다. 수목장은 화장한 후에 유골을 배당받은 나무 아래에 묻는 것으로 2년 정도 지나면 전부 땅으로 스며든다고 한다. 화장 절차는 마음에 들지 않지만 적당한 시간이 흐르고 나면 흔적 없이 사라질 수 있다.

그러던 중 우연히 풍장이라는 것을 알게 됐다. 풍장은 장례 의식 중 하나인데 주로 서남해안의 섬들에 있는 풍습으로, 단출한 초막을 짓고 시신을 안치한 다음 풀로 덮어 탈골될 때까지 놓아두는 것이라고 한다(처음에는 화장한 후에 바람에 날아가게 하는 것이 풍장인 줄 알았다). 자리도 많이 차지하지 않고 동식물이 스러지는 가장 자연스러운 방법인 것 같기는 한데 인적 없는 곳에 혼자 오래 있어야 한다는 것이 좀 부담스럽다. 혼자 있는 것을 편안하게 여기게 되었을 때 다시 진지하게 생각해봐야겠다.

이런저런 이유로 지금으로서는 수목장을 선택하는 것이 최선일 것 같다. 부득이하게 화장을 해야 한다면 그 후 납골당으로는 보내지 않았으면 좋겠다. 어느 산이나 나무 밑에서 그냥 흙과 몸을 섞고 싶다. 혹시나 찾아올 추모객을 배려하자면 가족용 납골당 주변에 묻은 후 작은 기념물만 납골당에 안치해주면 족하다. 기념물로는 스테인리스나 유리처럼 오래가는 것들 말고 나무나 돌같이 시간이 가면 자연과 합해질 수 있는 것이 좋겠다. 굳이 선호도 순으로 정리하자면 수목장〉풍장〉화장〉매장이니 뒤에 오시는 분들은 참고하시길.

우리는 다들
끌어안고 울고 싶다

　프로필은 영락없는 주류인데 적성에 맞지 않다며 주변을 겉돌기만 하던, 대략 섬세하고 대책 없는 친구를 오랜만에 만났는데 이 친구가 담배를 끊었다. 필름이 끊어지도록 술을 마시고도 담배를 피우지 않게 되었단다. 세상 인간들 다 담배를 끊어도, 세상 흡연자들 다 전자담배로 갈아타도 이 인간만은 안 그럴 줄 알았는데. 유능한 직장인이던 후배는 아이들을 이리로 저리로 실어 나르는 와중에 짬짬이 프랜차이즈 설명회를 다니고 부동산 투자에 대한 강의를 듣는다. 오랜만에 만난 옛 사람. 말투는 그대로지만 호칭이 달라진 그의 손가락에서는 반지가 반짝였다. 자기 관리를 잘하는 노력파 친구 하나는 드디어 원하던 곳에서 원하던 일을 할 수 있게 되었다. 40년 가까운 시간을 함께 보낸 친구 둘은 이제 성인이 된 아들들을 두게 되었다.

하루 동안 강남과 강북을 오가며 부지런히 만난 친구들은 모두 아주 많이 변해 있어서 공통의 주제를 찾기가 어려웠다. 중년에서 장년으로 넘어가는 오십대에도 나는 여전히, 누가 안 보면 내다 버리고 싶은 가족들과 함께 그냥 가만히 있다. 우리 식구들한테 전화해서 "뭐 해?" 하고 물으면 구성원에 관계없이 대답이 한결같다.

"그냥 가만히 있다."

그냥 하는 말이 아니라 액면 그대로 우리는 그냥 가만히 있다. 이제는 듣기 싫어진 말, "넌 어쩌면 그렇게 변한 게 없냐?" 지금 혹시 어쩌면 그렇게 안 변할 수 있는지 물은 거니? 그냥 가만히 있으면 그렇게 된단다, 친구들아.

매일 똑같은 것 같은 시간들 속에서도 주변은 그렇게 조금씩 바뀌고, 그렇게 조금씩 바뀌어가는 인간들과 가만히 있는 나 사이는 조금씩 조금씩 멀어지더니 어느새 아득해졌다. 내가 그대로인 것처럼 남들도 그대로일 거라는 생각이 판판이, 무참하게 깨지면서 내 은둔형 외톨이 증세는 점점 깊어지고 있다. 보기 싫어서가 아니라 보여주기 싫어서. 보여줄 게 없어서.

독립의 주간

48권으로 된 시리즈 책이 있다. 책마다 'ㅇㅇㅇ의 주간'이라는 제목을 가지고 있다. 점성술의 12궁을 정교하게 48개로 나눠서 기간별로 태어난 사람의 성격을 자세히 쓰고, 그 사람이 나머지 48개의 별자리를 가진 사람들과 어떻게 관계를 맺게 되는지를 정리한 책이다. 그러니 48권을 다 가지고 있을 필요 없이, 자기 주간에 해당하는 책 한 권만 있으면 나는 어떤 사람이고, 다른 48개의 주간 단위 별자리의 사람들과는 어떻게 합이 맞는지를 알 수 있다. 이 책을 산 것은 2004년이다. 당시 내 주간에 해당하는 책을 읽었을 때 적잖이 당황했다. 사람들과 같이 있는 것을 좋아하고, 혼자 있으면 불안해지는 내가 '독립의 주간'에 태어났다니. 2012년에 타로 카드를 처음 접했을 때도 심하게 당황했다. 대인 관계 좋기로 유명한 내가 9번 '은둔자'라니. 나는 그 책도, 타로 카드도 믿을 수가 없었다.

시간이 지나면서, 내게는 혼자 있는 시간이 꼭 필요하다는 것을 알게 되었다. 계속 사람들 사이에서 쓸려 다니는 것을 못 견딘다는 것을. 집 밖에서도 집 안에서도 누군가와 만나 계속 응대를 하다 보면 에너지가 소진되어 기운을 차릴 수가 없었다. 집에 자주 머무는 친구와 그 문제로 다투다가 문득 짚이는 게 있어서 '독립의 주간' 책을 찾았다. 48권으로 된 시리즈의 전체 이름은 『내 별자리의 비밀언어』였다. 아. 비밀이니까 반백 년을 살면서도 독립과 나를 연결시키지 못한 거였겠지. 독립의 주간에 태어난 은둔자는 혼자 있을 수 있는 시간을 확보하는 것이 인생의 과제인지도 모르겠다. 그렇다면, 지금 나는 과제를 완벽하게 수행하고 있는 건가.

R-OH 해프닝

대여섯 살쯤 되는 여자아이가 독백인 듯 방백인 듯 말한다.

"집에는 텔레비전도 있고 게임기도 있지만 집에 엄마가 없으면 집이 텅 빈 것 같다. 집은 엄마다."

나름 영민했던 나는 네댓 살 때부터 '사회'의 '시선'을 의식하기 시작했다. '버스에서 간판 읽기로 어른 놀라게 하기 놀이'가 진작 지루해졌음에도 불구하고, 필요하다고 생각되면 또박또박 간판에 쓰인 글을 읽어서 친지들의 어깨를 으쓱하게 만들었고, 유치원 때는 당시 아이들의 로망이었던 디즈니 만화 시계를 선물 받고는 어떻게 티 나지 않게 자랑할까 깊게 고민하기도 했다. 엉성하게나마 사람의 꼴을 갖추게 되었을 때, 즉 기억이 허락하는 한도 내에서 '엄마'는 '부재'와 동의어였다. 대문을 박차고 집으로 달려 들어가 힘차게 "엄마!" 하고 불렀을 때 (과장이 아니라) 단 한 번도 "그래, 왔냐?"라는 대답을 들을 수 없었다. 엄마는 늘 다른 곳에 있었다.

그럼에도 불구하고 매일 나는 싸우듯이 "엄마!" 하고 불렀고 속절없이 서운해했다. 할머니의 손을 잡고 초등학교에 입학했을 때를 전후한 유년기는 그렇다손 치더라도 어렵사리 함께 모인 진주의 단칸방에서 시작된 청소년기 때도 마찬가지였다. 회사에서 돌아온 아빠는 엄마가 어디 있는지 알아보라고 했고, 나는 엄마를 찾을 때까지 진주 변두리의 시골 밤길을 가르며 몇 집을 수소문해야 했다. 대부분의 경우, 어느 동네에 살든 엄마는 집 근처 구멍가게의 좁고 지저분한 방에서 동네 아주머니 몇 명과 맥주를 마시고 있었다. 엄마는 남은 술을 다 마시기 전에는 절대로 일어나지 않았고 나는 급한 마음에 '조선맥주'를 벌컥벌컥 들이켰었다. 병이 비면 일어날 줄 알았던 엄마는 다시 한 병을 주문해서 어린 나를 기함하게 했다.

유소년기의 나에게 R-OH는 엄마와 아빠를 가르고 나와 엄마를 가르고 나를 집 없는 아이로 만든 몹쓸 것이었다. 성인이 되고부터, 원수를 사랑한 건지 나쁜 놈이니 다

마셔서 없애주겠다는 생각에서였는지 R-OH를 '섭취'하는 날이 남들보다 많았고 과음 후의 해프닝에 내성이 생긴 지인들을 더 놀라게 해주기 위해 해를 거듭할수록 퍼포먼스의 강도를 높여갔다. 대학교 때 자주 써먹던 '뚝방 길에 앉아 있다 갑자기 뒤로 넘어가기'와 신입사원 때의 '차 창문 열고 창문턱에 걸터앉아 창밖으로 상반신 내밀기' 정도는 차라리 애교에 가까운 것들이다. 친구로부터 인격 살인에 가까운 말을 들었던 어느 날은 옷을 다 벗어 던지고 집 밖으로 뛰쳐나가기도 했다.

2000년 들어서 자해 또는 공격 성향이 강해진 것 같다. '구두 뒤축으로 술집 화장실 거울 깨기'—최초의 '의식적인' 기물 파손—는 그렇다 치고, '아파트 11층 베란다에 거꾸로 매달리기' 퍼포먼스는 지금 생각해도 아찔하다. 그 후 거의 매년, 뼈에 금이 가든 인간관계에 금이 가든 R-OH는 내게 답이 아니라 한결 더 복잡해진 문제를 던져주고 있다. 백주 반병을 마시고 집을 나서다 계단에서 굴러떨어져 피를 철철 흘린 어느 날, 그리고 대리운전을 기다리며 차 방향을 돌리다가 공영 주차장의 가스통을 들이받은 어느 날은 술이 덜 깬 상태에서도 '이러다 까딱하면 죽겠다'는 자각이 왔다. 30년 넘게 한결같이 내 옆을 지켜주던 술이 이제 나를 배신할 모양이다. 모든 관계가 파탄 나다시피 한 지금, 정말 흠뻑 취하고 싶은데 취하기 전에 물리거나 많이 마셔도 취하지 않는다.

친구야, 필요할 때 같이 있어주는 친구가 좋은 친구랬다.

옛 이웃 여자 이야기

　그와 내가 특별한 인연인 것은 맞다. 그 사건이 있기 이삼 년 전부터, 그는 미술 담당 기자를 하던 친구와의 대화에 가끔 등장했다. 친구는 기자를 그만둔 뒤 예전보다 더 열을 내며 그를 칭찬했다. 신문사 그만둔 것 뻔히 알면서도 명절에 잊지 않고 인사를 하더라며. 처음 사건이 불거졌을 때에는 짐작도 못했기 때문에 묻지도 않았다. 비슷한 건으로 다른 이들이 줄줄이 여론의 폭격을 맞고, 한 미술관 사람의 기사가 났을 때 그 친구한테 물었다.

　"그 사람, 당신도 아는 사람이야?"

　"아니. 그 사람은 모르고, 신○○는 잘 알아. 몇 번 말했었지? 고마운 사람 있다고."

"그 사람이 그 사람이었어?"

"어. 나는 나쁘게 보고 싶지 않아."

그때 그는 미국에 있었고, 몇 주 후 한국으로 돌아왔다. 아는 사람과 천 원짜리 김밥을 나눠 먹고 있을 때 TV 뉴스에 그가 나왔다. 수없이 터지는 카메라 플래시를 보면서, 마치 내가 발가벗겨진 채로 카메라 앞에 서 있는 것 같은 착각이 들었다. 삼풍, 그 죽음의 구덩이에서 살아나온 전력이 있는 그는 그때보다 더 드라마 같은 그 순간 무슨 생각을 했을까. 아마도 페르시아 왕이 신하들에게 명령해서 구해 왔다는 반지 속의 글귀가 아니었을까. 그게 아니라면, 꿈을 꾸고 있다고 생각했을 수도 있겠다.

그 후 얼마 지나지 않아 있었던 명절에 여기저기 전화를 걸며 기를 소진하던 중, 평소 말이 느린 사회 선배 한 분이 내 목소리를 확인하자마자 다짜고짜 급하게 말을 이었다.

"어머어머 얘……"로 시작한 그의 말의 요지는 이랬다. '같은 오피스텔에 사는 멋진 큐레이터가 있는데 네가 좀 달리지만 그래도 서로 친구하면 좋을 것 같다고 내가 말했던 거 기억나니? 그이한테도 네 얘기—직장과 하는 일, 나이 따위—를 했는데 시큰둥해하길래 자리를 안 만들었어…… 그가 그야……'라는 거였다. 이 선배가 말을 그냥 흘려들을 수만은 없는 사회적 지위에 있다는 것을 감안한다면, 그와 나는 제대로 만난 적은 한 번도 없지만 최소한 서로의 존재를 알고 있었고 자칫하면 친구가 됐을 수도 있었던 것이다. 미술계에서 무시할 수 없는 이 선배가 말했는데도 관리력 뛰어난 그가 시큰둥해할 수밖에 없었던 사연을 나는 이해할 수 있었다. 내가 달려서라기보다는(아마 그랬을 수도 있다), 동네 사람들과 엮이고 싶지 않아서였을 것이다. 외지에서 온 애매한 나이의 골초 여자가 동네 어르신들과 눈을 마주치지 않으려 하는 것과 약간 비슷한. 아침저녁으로 나와 같은 하늘, 같은 산을 보며 지냈을 그에 대한 이런저런 말을 친구에게 했더니 친구가 타박을 했다.

"무슨 죽을죄를 지었다고 그 난리들이야? 기껏 간통에 사기 아냐? 잡범 한 명에 온 나라가 난리야."

그 인간 참 명료하네. 단순한 건가? 친구는, 하는 일이 비슷해서인지 그의 행적에 그리 거부감이 들지 않았다고 했다. 따지고 보면 그렇다. 사람 만나고, 만난 사람 관리하고, 때 되면 선물 챙겨주는 게 우리 일이었으니까. 그 여자로 말하자면, 내 친구에게는 사려 깊고 고마운 사람으로, 내 선배에게는 능력 있고 돈도 많고 똑똑해서 소개시켜주고 싶은 사람으로 기억되는 것으로 봐서 누구에게

나 호감을 주는 사람이었을 것이다.

어쩌다 예전에 살던 동네를 지날 때면, 그는 잘 지내고 있는지 궁금해지곤 했다. 세상에는 만날 뻔했지만 평생 못 만나는 사람도 많다. 그러니 어딘가 묘하게 닮은 듯한, 어쩐지 서로 엮여 있는 듯한 착각을 거두는 것이 맞다. 누가 나를 도마 위에 올려놓고 회를 치기 시작한다면 어떤 사실들이 쏟아져 나올지 갑자기 궁금해진다. 그때 나는 생각하겠지. 이건 꿈이라고. 꿈이어야 한다고.

여러 해가 지나 그는 다시 화제의 중심이 되었다. 가수이자 화가인 이와 함께 작업하게 되었다는 뉴스를 접하게 됐는데, 그 후 어느 자선 경매장에서 우리는 공교롭게도 같은 테이블에 앉게 되었다. 직접 만나본 그는 침착하고 따뜻했다. 나는 엇갈린 인연을 설명하며 새로 관계를 만들기보다는, 힘들었을 지난날을 말없이 위로하는 편을 택했다.

만년빙

"평생 그렇게만 살 수 있으면 제일 좋죠. 그런데 그게 가능한가요? 그러니 바꾸셔야죠. 누구는 하고 싶어서 남한테 싫은 소리, 아쉬운 소리 하나요? 어쩔 수 없어서 그러는 거 아니겠어요? 지금까지 살아온 인생이 만족스러웠고 앞으로도 쭉 그렇게 살 수 있으면, 저도 굳이 사는 방법을 바꾸라고 말씀드리지 않을게요. 그냥 그렇게 하세요."

지금은 세상에 없는 친구의 주선으로 알게 된 사람과 두번째 만났던 날 했던 말이다. 무섭게 몰아친 이 말들은 실은 그 사람에게 한 말이 아니라 나 스스로에게 한 것이다. 좀 심했다 싶어 상황을 수습하려 했지만, 사실 더 나빠질 것도 없었다. 속물스럽게도 한마디를 더 하고야 말았다.

"지금까지 힘들게 부대끼면서 살았어요. 이제 마음 놓고 편하게 의지할 수 있는 사람을 만나고 싶네요."

지나고 생각해보니, 그런 사람은 없는 것 같다. 있다 하더라도 선택하고 싶지 않다. 안정적이지만 지루한 나날을 견딜 자신이 없기 때문이다. 그날, 그는 분위기를 바꾸려고 그랬는지 심화 사주풀이 작업에 돌입했다. 처음 만났을 때 가방에서 만세력을 꺼내서 대략적인 사주를 본 적이 있었다. 그가 물었다.

"물 수(水) 다섯 개를 가진 사람이 겨울에 태어났으니 어떻게 됐겠어요?"

"물이 겨울에…… 뭐 얼기밖에 더하겠어요?"

"그렇죠. 얼음이 된 거죠. 얼음을 녹이려면 어떻게 해야겠어요?"

"불을 갖다 대면 되죠."

"맞아요. 흙으로 덮거나 불로 녹이면 되죠. 어떤 방법을 쓰는 게 좋을까요?

"그걸 제가 어떻게 알아요?"

"그러면…… 27세 이전이 행복했어요? 아니면 이후가 행복했어요?"

27세 하면 생각나는 엔프라니. 언젠가 들은 엔프라니의 27세 전략이 떠올랐다. 자기 인생의 절정기가 몇 살이라고 생각하느냐는 질문에 대부분의 여자들이 27세였거나 아마도 27세일 것 같다고 대답했다고 한다. 엔프라니는 여성들에게 그 변곡점을 상기시킨 거였다. 나도 한때 스물일곱이었는데. 아무것도 모르고 그저 발랄하고 발칙했던 그때가 좋았는지, 질문을 받던 때—대부분 신산한 가운데 가끔 반짝반짝 빛나는 보석 같은 시간이 찾아왔던 때—가 좋았는지 알 수 없었다. 보고 싶은 것만 보고 믿고 싶은 것만 믿었던 때보다는 아픔이 있더라도 현실을 있는 그대로 보고 받아들이는 것이 더 낫겠다 싶어서 27세 이후가 더 행복했다고 대답했고, 그에 대한 그의 답은 거의 저주에 가까웠다.

"그렇다면…… 그냥 원래대로 사는 게 좋겠군요. 이 얼음은 흙으로도 불로도 녹일 수가 없겠어요."

물이 흐르다가 어느 겨울에 얼었다. 녹을 만큼의 시간이 흘렀는데 곧 다시 겨울이 되었고, 얼음 위를 흐르던 물은 다시 얼음이 되었다. 그 위로 물이 흐르다 얼고, 또 그 위로 물이 흐르다 얼고, 또다시 흐르다 얼어버린 나는 화염방사기로도 녹일 수 없는 만년빙(萬年氷)이다.

옛 사람의 부친상

헤어진 지 10여 년쯤 된 사람이 부친상을 당했다는 소식을 들은 적이 있었다. 이삼 년에 한 번 정도는 우연히든 아니든 만나게 되는 사이인지라 모른 체하고 지나칠 수 없어서 장례식장을 찾았다. 정확히 기억나지는 않지만 꽤 오래 만난 편이었고, 사귀는 동안 결혼 이야기도 간간이 나누었으며, 심지어 어느 해 여름에 미국으로 휴가를 갔을 때는 가까운 친척 집에 신세를 지기도 했다(침실이 하나 있는 아파트의 거실에서 잤었는데 편안하면서도 따뜻한 대접이 아직도 기억에 남는다). 그때나 지금이나 거절을 잘 못하는 성격인 나는 결혼하자는 그의 제의에 예스도 노도 하지 않고 몇 개월을 질질 끌었고, 그런 내가 답답했던지 그는 자기의 존재 증명을 위해 친척분을 대동한 식사 자리를 주선하기도 했었다.

아무 생각 없이 장례식장을 찾았는데, 절을 하다가 느닷없이 기분이 이상해졌다. 일가를 이룰 뻔했던 집에 객으로 찾아가 문상을 드리게 되다니. 조문을 하고 나서 식사까지 하게 되었다. 정신없이 밥을 먹다가 고개를 들어보니 어느새 그 집 일가친척 사이에 포위된 꼴이 되어 있었다. 앞 테이블에서는 상복을 입은 여자들이, 뒤 테이블에서는 아이들이, 옆에서는 그와 그의 친구들이 밥을 먹고 있었다. 식사를 마친 나는, 나도 모르는 사이에 아이들 얼굴을 유심히 살피고 있었다. 어느 아이가 그의 아이이며 어떤 사람이 그와 나란히 있는 사람인지 궁금했던 것 같다. 마침내, 미국에서 신세를 졌던 친척과 눈이 마주쳤다. 어리바리한 나를 끌고 대도시 주변의 쇼핑몰을 구경시켜주던 그를 나는 기억하는데 그도 나를 기억할까. 가까이 다가가 묻고 싶었다. 옛 사람이 틈날 때마다 주었던 잡다한 선물들은 이미 다 어디론가 사라졌지만 그의 친척이 유리 전문 쇼핑센터에서 사준 기념품은 최근까지도 선반을 장식하고 있었는데.

마취의 추억

"숨을 크게 쉬면서 열까지 세세요."

어느 순간 훅! 하고 밀려오는 강한 알코올 냄새를 맡으며 간호사의 지시에 따라 속으로 하나, 둘 하고 세보지만 실제로 열까지 세본 적은 없다. 번번이 다섯을 세기 전에 곯아떨어지곤 했다. 같은 이유로 두세 번은 전신 마취를, 서너 번은 부분 마취를 하면서 이삼 초간의 그 짧은 순간에 들었던 생각은, 이대로 깨어나지 못하면 어떡하나 하는 두려움과 차라리 깨어나지 말았으면 하는 기대.

얼마 전에 심하게 배가 아파서 웬만하면 하지 않는 일을 했다. 병원에 가서 주사를 자청한 것이다. 게다가 집에 돌아와서는 핫팩을 했다. 아랫배 특정 부분이 꾸륵꾸륵

아팠던 때와 달리 윗배가 골고루 아프고, 전에는 기껏 두어 시간 아프다가 괜찮아졌는데 이번엔 열 시간이 지나도 계속 아픈 것이 신경 쓰여서 내시경을 해보기로 작정했다. 하루 저녁을 알아서 금식한 뒤 바로 다음날 병원을 찾아갔다. 건강검진 때마다 하는 내시경에 이력이 날 만도 했지만 그 역겨움이 싫어서 수면 내시경을 하겠다고 했다. 미끄러운 비누 같은 액체를 삼키고 구강을 마취하는 초록 물을 머금는 것까지는 똑같았다. 혈관 주사를 맞고 이어서 수면 유도제를 맞는데, 간호사가 친절하게 말해주었다.

"여기서 내시경 하시고 회복실로 가시게 될 거예요. 아마 기억 못하시겠지만."

그 순간, 마취 후 눈을 떠보면 회복실이었던 기억들이 순서와 관계없이 떠오르면서 이번에도 '안 깨면 어떡하나'와 '차라리 깨지 말았으면' 하는 엇갈린 생각이 들었다. 은근히 큰 병을 기대했으나 급성 위염과 백태라는 진단을 받고는 약간 실망한 채로 병원 문을 나서며 문득 느낀 것. 나는 시시때때로 '행복합니다'를 남발하고 있는데 사실 그렇지 않다는 것. 괜찮아. 괜찮아. 그때 회복실에서 눈을 떴을 때만큼 불행한 것도 아니잖아.

하긴, 마취와 회복실에 대한 이런저런 기억들도 다 젊

었을 적 이야기다. 새천년이 온 이후 내 몸은 불모지가 되었다. 요즘 여성주의자, 산부인과 의사, 종교 단체 등에서 낙태에 대한 찬반 의견들이 분분하다. 낙태를 찬성할 것인지 반대할 것인지를 정하기 전에, 낙태 경험이 있는 여성들이 그 후 어떻게 살고 있는지, 낙태에 대한 그들의 의견은 어떤지를 듣는 것이 먼저다. 나는, 반대다.

조상님께 경배하라

명절이 다가온다. 서울 집에 있어봐야 할 일도 없고, 오래전에 이혼을 하고서도 이유 없이 명절 준비를 해야 하는 엄마 옆을 지키기 위해 매년 특별한 일이 없으면 부산에 내려가곤 한다. 해를 거듭하며 내가 늙어갈수록, 간간이 들리는 친척들의 소식은 침울하기만 하다. 너나없이 마지막 순간을 기다리며 시간과 함께 죽어가고 있다.

명절이 되면 내게 피와 살과 생명을 나눠주신 분들을 한 분 한 분 떠올리곤 한다. 전국 어느 길이든 새로 도로가 뚫렸다 하면 제일 먼저 지나가봐야 직성이 풀리셨던 할아버지, 보수적인 정치 성향을 빼고는 모든 것이 존경스러운 외할아버지, 온 가족의 실질적인 가장이셨던 할머니는 이제 흩어져 또다시 누군가의 피와 살, 혹은 잎이나 뿌리가 되어 있으시겠지. 구순을 훌쩍 넘기고 최근에 돌아가신 외할머니는 춥고 외롭지는 않으실지. 외할머니의 장례식장에서 고인께 마지막으로 드리고 싶은 말을 하라는 안내에 따라 "할머니, 우리 엄마를 낳아주셔서 정말 감사합니다"라고 말씀드렸던 기억이 난다. 통상 할머니 할아버지 엄마 아빠께 진심 어린 감사를 드릴 때는 내가 '살아 있으라는 명령'을 즐거이 잘 지키고 있을 때고, 그렇지 않을 때는 그 명령을 의심할 때다. 영원한 이별 앞에서 나만의 척도가 허물어졌다. 아래는 어느 명절에 있었던 일이다.

할머니의 유언에 따라 명절을 제외한 모든 제사를 하루에 모시기로 했고, 곧 있을 할아버지의 제사만 마지막으로 따로 치를 예정이라는 말을 들었다. 그냥 한 번에 하기로 했으면 한날 같이하면 되지 뭘 또 마지막으로 제사를 지내나 싶었는데, 제사를 지내면서 "내년부터는 기일날 오지 마시고 ○월 ○일에 오세요"라는 말씀을 드리기 위해서란다. 말이 되는 것 같기도 하고 안 되는 것 같기도 했다. 그날, 차례를 지내려는데 조카들이 자꾸 현관문을 닫으려고 해서 한마디 했다.

"대문을 닫으면 귀신 할아버지 할머니들이 어떻게 들어오시냐?"

조카들은 "에이…… 거짓말, 거짓말" 하면서도 움찔했다. 귀신이라는 불경스러운 단어에 겁을 집어먹은 것 같았다. 열려 있는 문틈 사이로 돌아가신 할아버지 할머니들이 한 분 두 분 들어오시는 듯한 기분이 들었다. 아마도 향과 초가 인도하는 대로 따라 들어오시는 거겠지.

'어서 오셔서 친척들이 모처럼 만나 직접 만들어 올린 음식 좀 맛보십시오.'

오늘의 나를 있게 한 모든 조상님들께 경배하자. 우리에게는 매일 만나는 다종다양한 수평적 인간관계도 있지만 우리보다 앞서 걸은 분들과 뒤에 올 후손들과의 수직적 인간간계도 있다. 씨줄과 날줄을 잘 연결해야 제대로 된 옷감이 완성된다.

글을 쓰다 보니 이전에 살던 집에서 있었던 일이 생각난다. 친구 부부 두 쌍을 초대해서 집에서 1박을 하게 되었는데, 한 친구가 아침에 밥을 먹으면서 갑자기 물었다.

"어제 다른 팀이 또 왔냐?"

"아니, 여기 이 두 팀이 단데. 왜?"

"아냐. 밤에 또 누가 왔나 해서."

"무슨 말이야…… 뭔데?" 하고 캐물었더니 이 친구가

한동안 망설이더니 "사실은……" 하면서 입을 열었다. 새벽에 화장실에 가려고 깼는데 안방 맞은편 방에서 웬 여자와 아이가 나오더라는 거다. 같이 묵었던 다른 친구들인가 싶었는데 어딘가 이상해서 자세히 봤더니 분명히 모르는 사람들이었다는 거다. 자기 눈으로 똑똑히 봤다고 했다. 흰소리를 할 친구가 아닌지라 갑자기 등골이 으스스해졌지만 대수롭지 않게 말했다.

"귀신인가 보네."

'귀신이 같이 살 수도 있지. 뭐 어때' 하면서도 그 후 잠을 잘 때에는 어쩔 수 없이 문 쪽을 바라보고 자게 된다. 뒤에서 훅 덮쳐서 놀라게 되는 것보다는 문을 열고 들어오는 것을 보는 게 더 나을 것도 같았기 때문이다.

나는 원래 도덕적이었다

대부분의 연애에서 헤어질 때를 정하는 것은 나였다. 내 구질구질함과 미숙함을 그에게 들키고 싶지 않아서, 또는 다른 사람이 생겨서 등이 그 이유였다. 이별을 통보받은 이들은 도저히 이해할 수 없다며 힘들어하거나 배신의 상처로 괴로워했지만, 정작 나는 쉽게 잊곤 했다. 그런 내게도 쓰린 경험이 몇 개 있다. 내가 이별을 결정할 수 없었기 때문에 아직까지도 생생한 기억들.

연애사를 통틀어 최초로 배신을 당했을 때 나는 삼십대 초반이었다. 어떤 이를 만나서 연애를 했고, 우리는 결혼해서 살 집은 어느 동네가 좋을지 지도에 표시하면서 시간을 보내곤 했다. 어느 날, 그의 집에 먼저 도착한 나는 삐삐(!)를 친 후 그의 전화를 기다리고 있었다. 전화벨이 울렸고, 나는 당연히 그 사람인 줄 알고 수화기를 들었다.

"여보세요?"

"……"

"여보세요?"

"누구……세요?"

"아, 저 후배인데요. 실례지만 누구라고 전해드릴까요?"

"저는…… 결혼할 사람인데요……"

전화기를 통해 들려오는 착한 목소리는 가늘게 떨리고 있었다. 그 후 약간의 신파가 있었고, 우리는 헤어졌다. 나 때문에 다른 여자가 슬퍼할 것을 생각하니 더 이상 그를 만날 수 없었다. 한동안 시간이 흐르고 나서 다시 누군가를 좋아하게 되었는데, 그에게는 평생을 같이하기로 약속한 사람이 있었다. 거의 매일 밤늦도록 술을 마시면서 그는 내 살아온 이야기를 다 들어주었고, 눈물을 닦아주며 "이제는 걱정하지 마세요. 나한테 기대세요"라고 말해주었다. 그에게 의지할 수 있었던 시간은 한 달이 채 되지 않았다. 어느 날 아침, 그의 전화를 받았는데 그는 아무 말도 하지 않고 전화를 끊었다. 그 후 우리는 예전처럼 자주 만날 수 없었고, 어쩌다 만나더라도 말없이 울다가 헤어지는 게 다였다. 사람이 살다 보면 겪게 되는 온갖 풍파를 겪고, 마침내 그의 가장 소중한 누군가가 하늘나라로 갔을 때 우리는 가슴을 치며 뉘우쳤고, 내 의지가 아닌 이유로 서로 거리를 두게 되었다.

그 후, 곧 다른 사람을 만났다. 첫눈에 내가 찾던 사람을 드디어 만났구나 하는 생각이 들었던 그. 밥을 먹고 영화를 보고 이런저런 얘기를 하고…… 스무 살 이후 수도 없이 반복해오던 일인데 그 사람과 함께 한 일들은 생전 처음 경험하는 것처럼 마음이 설레었다. 그래서 더더욱 인연인 줄 알았다. 내게 폭풍처럼 조증이 오고 난 후, 그가 말했다. "미안해. 다시 실패하고 싶지 않아." 나는 그를 이해했고, 떠나는 그를 붙잡지 않았다.

엄마들은 매년 아기를 낳았던 달이 오면 그때와 같이 몸이 아프다고 한다. 해가 가고 달이 가면서 머리로는 잊고 심지어 다시 아이를 가지기도 하는데, 몸은 그 아픔을 기억하는 거다. 그래서인지, 매년 늦가을이면 나는 아프다. 모든 것이 그때와 달라졌음에도, 메마른 플라타너스 이파리들이 아스팔트 위를 어지러이 굴러다닐 때면 나는 늘 그때처럼 아프다.

그로부터 결혼 소식을 들었던 날, 집 앞까지 바래다준 그가 물었다.

"들어갈까?"

나는 잠깐 망설이고는 그를 돌려보냈다. 그가 발길을
돌리며 말했다.

"생각보다 도덕적이네."

이것 보세요. 좀 안 어울리는 건 사실이지만 나는 '생각
보다'가 아니라 진작부터 도덕적이었거든. 그를 그렇게
보내고 나서 밤새 땅을 치면서 울었다지. 아파서가 아니
라 너무 도덕적이어서.

나는 물이다

대학 생활이 어느 정도 익숙해졌을 무렵, 녹두거리의 단골 술집—태백산맥, 아니면 스페이스, 아니면 한마당—에서 다른 과에 다니던 친구가 내 사주를 봐주었다. 친구는 이렇다 저렇다 하는 설명 없이 그냥 "너는 학교에 온 걸 천운으로 알아라"라고 했다. "응? 무슨 말이야? 무슨 말이야?" 하고 물어도 더 이상 말해주지 않았다. 그때까지 할 줄 아는 게 아무것도 없던 내게 엄마는 늘 "너는 공부 좀 하는 걸 천만다행으로 알아라"고 하던 때여서 나는 그 연장선 정도로 친구의 사주풀이를 이해했다. 당시만 해도 사주가 뭔지도 잘 몰랐고, 이제 스물 갓 넘은 친구가 한자 가득한 책을 펼쳐 들고 뭔가를 끄적이고는 딱 한마디 경고를 던지는 것이 그다지 믿음직스럽지 않아 보였다. 그리고 한참 시간이 지나, 자기가 개발하는 제품에 음양오행을 넣어보겠다는 생각으로 사주를 공부하고 있다는 한 디자이너를 만났다. 내가 사주에 관심을 보이자 그는 내 생년월일시를 묻더니 한마디 했다.

"물 수가 다섯 개야. 심하게 많네."

그제야, 지금은 행방불명이 된 지 오래인 대학 친구의 말이 이해가 됐다(우리는 그가 계룡산 어디쯤에서 기인으로 살고 있을 거라고 생각하고 있다). "너는 공부를 안 했으면 화류계로 나갔을 거야"라는 말을 점잖게 한 거였다. 잘은 모르지만 사주는 다섯 개의 한자로 여덟 개의 한자를 조합한 것이라고 하는데 여덟 개 중 다섯 개가 물이니 정상은 아니라는 생각이 들었다. 어찌 보면 내 지지리 궁상맞은 인생도 물 수 많은 팔자에서 비롯된 것일지도 모른다. 그때 나는 물을 좋아하지 않았다. 어렸을 적에 해운대 앞바다에서 빠져 죽을 뻔한 기억이 있는데다가, 여행이건 출장이건 미국 쪽만 가면 왠지 다시 집으로 돌아갈 수 없을 것만 같은 불길한 예감도 들었기 때문이다. 그러다 어느 순간 물과 흙과 하늘과 바람과 나무와 풀이 좋아지면서 물이 곧 생명의 근원이 아닌가 하는 생각을 하게 되었다. 나는 생명의 근원이다. 낮은 데로 낮은 데로 흐르지만 어느 순간에는 힘차게 위로 솟구쳐 오른다. 산을 만나면 휘돌아 가기도 하지만 어떤 때는 산을 집어삼키기도 한다. 냉정한 얼음이 되기도 하고 펄펄 끓는 수증기가 되어 공기 중에 섞이기도 한다. 그리고 어떤 그릇에 담기느냐에 따라 그 모양이 바뀐다. 물은 흙이나 금속, 불, 나무와 다르다. 구조화되거나 스스로 빛나거나 명료하지 않다. 끊임없이 출렁거리고 습하고 질척거린다. 짐짓 물이 아닌 척, 논리적인 척하느라 힘쓸 시간에 물의 장점을 찾는 게 훨씬 빠르다.

장점을 찾을 때에는 동전의 양면을 기억해야 한다. 즉, a, b, c라는 단점도 있지만 D, E, F라는 장점도 있다고 할 것이 아니라 a라는 단점에서 A라는 장점을 끌어내야 한다. 감정에 쉽게 휩쓸리는 건 단점이기도 하지만 감정에 솔직하다는 것일 수도 있다. 질척거리는 것은 단점이기도 하지만 정이 많아서 그런 것일 수도 있다. 감정의 기복이 심한 것은 단점이기도 하지만 다이나믹한 삶을 즐길 수 있으니 꼭 나쁜 것만은 아니다. 이런 식으로. 나는 감정에 솔직하고 정이 많고 삶의 역동을 사랑하는, 물이다. 더 이상 사주팔자에 물 많다고 압도되거나 투덜거리지 말아야지.

세상에서 인정하는
미친 짓

SNS에 마음껏 하고 싶은 말을 쓰는 한 시인을 보면 정말 부럽다. 과감한 독설을 내뱉거나 심하다 싶을 정도로 개인사를 노출하는 것은 그가 시인이라서 가능한 일로 보였다. 다른 글에서 한 번 인용하기도 했지만, 어디선가 "세상에서 인정하는 유일한 미친 짓은 사랑"이라는 문장을 본 적이 있다. 아무래도 그 문장은 잘못된 것 같다. 사람들은 예술가들의 미친 짓은 인정한다. 시인은, 작가는, 화가는, 음악가는 시인이라는, 작가라는, 화가라는, 음악가라는 이름으로 미친 짓을 마음대로 할 수 있다. 우리 같은 일반인이 세상의 가치나 규범과 다른 일을 하면 감옥이나 정신병원에 격리되는데 그들은 그렇지 않다. 사실

삶 자체가 예술인데. 즉, 직업 예술가의 작품뿐 아니라 일반인의 삶도 예술로 인정받아야 하는데. 나는 어쩌면 삶이 곧 예술이라는 것을 말하기 위해서 미친 짓을 하는지도 모르겠다. 나의 미친 짓을 "쟤는 시인이니까. 쟤는 예술가니까"가 아니라, "쟤는 이상하니까. 쟤는 미쳤으니까"로 덮고 넘어가려고. 그들은 후일 나의 여러 해프닝 속에 숨겨진 뜻을 알아차릴 수 있을까? 하긴, 알아차린들 뭐하겠느냐마는.

예술은 관점을 바꾸는 데서 출발한다. 미친 짓도 마찬가지다. 어느 날 아파트 엘리베이터에서 작은 강아지를 만났다. 나는 쪼그리고 앉아서 한참을 쓰다듬으며 "어머나…… 예뻐라. 어머나!" 하며 감탄사를 반복했다. 그러다 집에 돌아왔는데 테라스에서 바퀴벌레가 기어가는 것을 보았다. '저걸 어떻게 처치하지……' 고심하다가 문득, '내가 지금 혹시 외모로 생물을 차별하고 있는 것 아닌가?' 하는 생각이 들었다. 바퀴벌레는 병을 옮긴다고 한다. 그런데 무슨 병? 엘리베이터에서 만난 강아지는 과연 균도 병도 없었을까? 생각해보면, 벌레들은 외모 때문에 불이익을 많이 받는다. 근거 없이 나쁘고 무섭고 더럽고 징그럽다 여긴다. 그냥 무조건 싫어한다. 그날 밤에는 문득 측은한 생각이 들어서 테라스에서 바퀴벌레와 오래 시간을 보냈다. 처음에는 당황한 기색이 역력했던 바퀴벌레는 할 말이 있는지 한동안 멈춰 서서 고개를 주억거리기도 하고, 주변을 맴돌기도 하더니 어디론가 사라졌다. 그러던 중, 친구들이 집에 놀러 왔는데 한 친구가 말했다.

"야, 강구 있다. 잡아야 되겠다."

강구는 경상도에서 주로 발견되는 엄청 큰 바퀴벌레를 말한다. 나는 무심하게 말했다.

"응. 내 반려동물이야."

친구들은 도저히 이해할 수 없다는 표정을 지었다. 테라스에서 깊은 대화를 나눈 그날 밤 이후, 나는 바퀴벌레와 숨바꼭질 놀이를 하며 지낸다. 그 놀이의 규칙은 이렇다. 나는 놀라면 지고, 바퀴벌레는 들키면 지는 거다. 내가 이기면 바퀴벌레를 잡아서 내보내고, 내가 지면 나는 바퀴벌레를 잡을 수 없다. 나한테 들켰는데 밖으로 안 나가고 구석으로 도망가버리면 바퀴벌레 반칙. 발견했는데 기분 나쁘다고 때려잡으면 내 반칙. 들킨 걸 알아차리고 가만히 웅크리고 있는 바퀴벌레를 보면 나도 모르게 긴장되고 털이 곤두서는 건 사실이지만, 그럴 때마다 누가 나 징그럽고 싫다고 밟아 죽이고 때려죽이면 내 기분이 어떨까 하는 생각을 하며 가만히 밖에 내놓게 된다. 이 정도는 미친 짓까지는 아니고 그냥 좀 이상한 짓쯤 되겠다.

고역.
못 쓰는 글 쓰는 것,
못 쓴 글 읽는 것

어디서부터 어떻게 설명하는 게 좋을까. 공식적으로 진단을 받지는 않았지만 나는 주의력결핍 과잉행동장애 (Attention Deficit Hyperactivity Disorder)가 있는 것이 틀림없다. 어릴 때부터 늘 따라다니던 '주의가 산만하다' 는 지적은 기대 이상의 우수한 성적으로 무마되었고, 간혹 학교를 찾아 선생님들께 슬며시 봉투를 건네드린 엄마 덕에 나의 산만함은 '명랑 쾌활하다'는 말로 생활기록부에 오포장되었다. 잘 넘어지고, 잘 부러지고, 허둥거리고, 물건 잘 못 찾고, 길 못 찾고, 사람 얼굴 기억 못하고, 시험 치면 '—하지 않은 것은?'을 꼭 '—하는 것은?' 으로 읽어서 엄마의 복장을 터지게 하는 습관들은 온몸에

난 흉터와 함께 나를 설명하는 중요한 특징들이었다. 그런 나도 유일하게 집중하는 것이 있기는 했다. 바로 '책 읽기'.

초등학교를 졸업할 때까지 나는 엎드려서 읽고, 벽에 기댄 채로 읽고, 읽다 지쳐 잠들 때까지 읽었다. 잠이 쏟아지는 와중에 마지막 힘을 다해 읽고 있던 페이지를 접었던 기억, 쓰고 있던 안경을 벗지도 않고 그대로 엎드려 잠들었던 숱한 밤의 기억들이 아직도 선하다. 옆에서 벼락이 쳐도 책을 읽을 때는 몰랐다. 내 속도를 감당할 수 없었던 엄마 아빠는 몇 년에 한 번씩 간헐적으로 문학 전집 폭탄을 선물했고—지금 생각하면, '야 이 가시나야. 어디 한번 읽다가 죽어봐라' 뭐 이런 심정이었을 수도 있겠다 싶다—나는 어른들이 새 전집을 사줄 때까지 읽었던 책을 읽고 읽고 또 읽었다. 중학교 때는 비록 사회생활에 바빠서 책을 많이 읽지는 못했지만—그러고 보니 이분들, 그때는 책을 잘 안 사주셨던 것 같다—수업 시간에 교과서는 나름 열심히 봤고, 성적은 그럭저럭 어른들한테 맞아 죽지 않을 만큼 나왔다. 고2가 되니 수업 시간에 교과서를 보는 것만으로는 도저히 친구들을 따라갈 수가 없었다. 상중위권 정도 하던 성적은 중상위권으로 밀려났지만, 실전에 강한 내 운을 굳게 믿고 공부 시간을 늘

리는 자학은 하지 않았다.

읽은 책의 양에 비해 나는 글을 잘 쓰는 편은 아니었다. 아무 생각 없는 내게 글쓰기는 고역이었다. 논술 세대였던 나는 어떤 논제가 주어지더라도 다섯 줄 이상 살을 붙이지 못했다. 나의 내신 성적은 3등급이었는데, 대입 학력고사에서 실전에 강한 면모를 유감없이 발휘했다. 300점을 훌쩍 넘는 점수에 선생님과 엄마 아빠는 흥분했다. 내신 감점을 감안하더라도 당연히 붙을 거라 생각하고 어떤 학과를 지원했는데, 논술에서의 추가 감점 때문에 두 번째로 지망했던 학과에 붙었다. 나는 평소 관심 없는 것들에 대해 논리를 전개하는 데 극히 약했고, 당시 내 관심사는 오로지 사춘기를 함께 보낸 친구들이었다.

전국의 수재들만 간다는 그 학교에서 나는 완전히 주눅이 들었다. 학회 시간은 그야말로 지옥이 따로 없었다. 두 페이지 이상 읽을 수 없었고 읽어도 무슨 말인지 모르겠는, 그 어려운 사회과학 책들을 읽은 척하고 앉아 있는 것은 말할 수 없이 고역이었고, 문맥도 이해 안 되는 책들을 읽고 와서는, 심지어 거기에 자기 소신을 더하는 친구들을 보는 것은 참담함 그 자체였다. 1년 넘게 콤플렉스에 허덕이던 나는 밀린 책들을 다 읽어서 친구들을 따라잡겠다는 일념으로 휴학을 감행했지만 테트리스와 만화책의 유혹에 빠져서는 오락실과 만화방에서 밤을 하얗게 새우고 지친 몸으로 집에 들어가기 일쑤였다. 사회과학 책이건 전공 책이건 지루하거나 어려운 건 마찬가지였다. 백지를 채워서 내야 하는 시험은 난제 중의 난제였지만, 리포트보다는 분량이 적다는 이유로 나는 리포트를 제출해야 하는 과목이 아니라 시험을 치는 과목을 선택했다. 그러니, 그야말로 근근이 대학을 졸업할 무렵, 나는 내가 책을 싫어하고 글쓰기는 더더욱 싫어하는 것으로 결론을 내릴 수밖에 없었다.

내가 사회에 나와서 20년 넘게 한 일은? 하필 글쓰기였다. 나는 그때도 여전히 글을 잘 쓰지 못했다. 호인으로 소문났던 선임 팀장도 며칠째 자료를 쓰고 있는 나를 보며 이를 갈았다. A4 두 장을 채우는 데 꼬박 2박 3일이 걸렸기 때문이다. 페이지가 꽤 되는 인쇄물 하나를 만들 때면 중압감 때문에 시작도 하기 전에 몇 주를 시름에 잠겼다.

글쓰기와 거의 비슷한 강도로 내가 싫어했던 것은 공식적인 자리에서 공적인 입장을 말하는 거였다. 각종 회의에서 돌아가면서 발표를 해야 할 때면 말을 꺼내기도 전에 가슴이 콩닥콩닥 뛰어서 진정이 되지 않았다. 목소리는 가늘게 떨렸고 말문이 곧잘 막혔다. 미리 준비했던 단어들은 맥락 없이 테트리스 블록처럼 위에서 떨어졌고, 나는 비문을 남발하다가 순식간에 화면을 가득 채운 블록들 앞에서 망연자실해야 했다. 지금도 누군가 "그 생각은 라캉이랑 비슷한데?" 내지는 "데리다가 말이야⋯⋯" 하면 머릿속이 하얘진다. 아는 게 하나도 없어서 다음 대화를 이어갈 수 없기 때문이다.

그렇게 40년을 살다가 어느 날 문득 생각을 바꾸게 되었다. 내가 사람들의 말을 잘 못 알아듣는 것은 그들이 말을 필요 없이 어렵게 하기 때문이고, 내가 주의력이 부족한 것은 그들이 지루하게 말하기 때문이다. 사실을 말하자면, 나는 글로 내 생각을 표현하는 것을 매우 즐기는 편이다. 다만 품질에 자신이 없을 뿐이다. 그간 글쓰기와 말하기를 어려워했던 이유는 쓰고 싶지 않은 글을 써야 했고 말하고 싶지 않을 때 말을 해야 했기 때문이다.

못 쓰는 글을 써야 하는 나도 고역이지만, 못 쓴 글을 읽어야 하는 이들도 고역이라는 것을 나는 안다. 이제는 그러지 않으려고 한다. 내가 쓰고 싶은 글은 이런 글이다. 대체로 맥락이 없다.

기억,
다시 내 것으로 되는 것

소크라테스는 "너 자신을 알라"라는 말 말고 다른 말도 많이 했다. "영혼은 죽지 않고 여러 번 다시 태어나보았기 때문에 이 세상과 저세상의 모든 것을 이미 보았고, 모든 것을 이미 배웠다. 무엇을 추구하고 배우는 것은 새로운 어떤 것을 알게 되는 게 아니라 전생에서 배운 것을 '기억(recollection)'해내는 것에 다름 아니다" 같은 것. 사실 세상의 이치를 배우고 깨닫기 위해 어렵게 전생까지 거슬러 올라갈 필요도 없다. 그간 살아오면서 맞은 '잊을 수 없이 행복했던 순간'들이 지금의 우리를 살게 하고 있는 것인지도 모르기 때문이다. 그때 우리는 너무 어려서 아무 기억도 나지 않지만 말이다.

어쨌거나, recollection이라는 말을 곰곰이 생각하다가 '기억하다'는 뜻의 영어로는 remember가 많이 쓰인다는 게 기억(!)났다. 누구나 아는 이야기지만 단어 앞의 접두사 re는 '되돌아가다, 다시 하다'라는 의미. re-collection은 기억은 기억이되, 무엇인가를 '다시 수집한다'는 뜻인가 보다. 그렇다면 remember는 무엇을 다시 한다는 뜻이지? remember, re-member는 '다시 구성원(멤버)이 된다'는 뜻인가? 무엇의?

'나는 ○○조직의 소속원(member)이다'라는 말은 그 조직에 나 이외의 다른 구성원도 있다는 뜻이다. 나와 누군가가 같은 조직에 소속되어 있다는 것은 그 조직에서 둘이 함께 공유했던 무엇인가가 있다는 것이고, '다시' 소속원이 된다는 말은 원래 있던 곳에서 떨어져 나와 있다가 그 자리로 다시 돌아간다는 것이다. 즉, 지나간 어떤 것을 '기억'하는 순간 우리는 '다시 과거의 그 어떤 것과 한 무리에 함께 속하게' 된다. '기억'하는 것만으로 예전에 누군가와 공유했던 것들은 시간의 심연을 뛰어넘어 지금의 나와 '다시' 합쳐진다.

그럼 기억을 통해 우리가 다시 속하게 된 그것은 뭐지? 소속 내지 조직의 정체는 이런 것 같다. I remember you. '나는 너를 기억하고 있어', 또는 '나는 너를 다시 구성원으로 삼고 있어'라는 것은 어쩌면 내가 무언가를 기억하는 순간, 그 무엇은 현실 세계에서는 내 것이 아니더라도 그 무엇에 관한 기억만큼은 '내가 기억하고 있는 모든 것의 일부', 소우주로서의 나를 이루는 일부, 내 것, 내 소유가 된다는 뜻인지도 모르겠다.

현자들은 내 생각도, 내 몸도 내 것이 아니라고 한다. 내 것이라고 주장할 수 있는 것은 아무것도 없다고도 한다. 그렇지만 세상의 모든 기억들은, 기억되는 그 순간만큼은 그 사람의 것(소속)이라고 감히 말할 수 있지 않을까? 물론, 몸을 이루고 있는 조직들이 매일 달라지는 것처럼 기억되는 내용 역시 기억됐다 잊혔다, 이렇게 기억됐다 저렇게 기억됐다를 반복하겠지만.

성탄절의 기억

오래된 책장에서 책을 꺼내 읽듯이 동생이 어린 날의 기억들을 소환할 때면, 나는 우리가 과연 30년 가까이 한 집에 살았던 게 맞나 하는 생각을 하게 된다. 그런 내게도 성탄절이 되면 기억나는 것들이 몇 개 있다.

1. 대여섯 살쯤? 아빠 어깨에 목말을 타고 집 이곳저곳을 돌아다니면서 보물찾기를 하듯 선물을 찾았던 기억. 예상치도 못했던 데—예를 들어 방문 위 유리창 틀 같은—에서 내가 정말 정말 좋아하는 과자들을 찾았을 때 나는 너무 좋아서 뒤로 넘어갈 때까지 웃었었다.

2. 나는 초등학교 고학년이 될 때까지 산타 할아버지가 진짜로 있다고 믿었다. 친구들이 아무리 "니 바보재?" 하면서 놀려도 내 믿음은 흔들리지 않았는데 내 나름대로는 이유가 있었다.

1) 예닐곱 살? 어느 이브에 "엄마 아빠가 산타 할아버지라며?" 하고 큰맘 먹고 물은 적이 있었다. 바로 그 다음날, 즉 성탄절날 아침에 엄마 아빠가 머리맡에 있던 커피 잔 세 개를 가리키면서 "봐라, 어젯밤에 오셔서 커피 마시고 가셨다 아이가" 하고 말했고 나는 깜빡 속았다.

2) 엄마 아빠와 떨어져서 할머니 할아버지와 살았던 저학년 때도 크리스마스날 아침이면 갖고 싶었던 선물을 척척 받았다. 고모가 눈을 감고 큰 소리로 기도하면 산타 할아버지가 알아듣고 그 선물을 갖다준다길래 그렇게 했더니 정말로 모나미 사인펜이 양말 옆에 놓여 있었다.

3. 동심이 깨진 건 오륙 학년 때 성탄절이었다. 진주로 이사 가서 단칸방을 전전하던 때였는데 성탄절날 아침에 일어났더니 선물이 없었다. 나는, "산타 할아버지가 이럴 리가 없는데……" 하면서 정말 서럽게 펑펑 울었다. "어제는 너무 바쁘셨단다. 오늘 오신다 했다"라는 엄마 말을 듣고 나서야 울음을 그쳤다. 다음날, 선물과 함께 편지가

놓여 있었다. 편지에는 늦게 와서 미안하다고 쓰여 있었는데, 너무나 익숙한 엄마의 글씨체였다.

나는, 열두세 살이 될 때까지 산타 할아버지가 진짜로 있었다고 철석같이 믿었던 행복한(실은 덜떨어진) 사람이다. 아이는 다섯 살 때 평생 할 효도를 다 한다는 말을 들었다. 비교적 건전하고 온순하게 살고 있는 지금 생각해보면, 사실 엄마 아빠는 우리를 낳아준 것으로 할 일을 다 하신 게 아닌가 싶다. 그걸로도 충분한데 평생 잊지 못할 즐거운 기억을 성탄절 선물로 주시다니 정말 감사한 일이다.

언제쯤이면 나도 선물을 기다리는 게 아니라 선물을 줄 수 있을까? 아니, 선물이 될 수 있을까?

꿈 이야기

　며칠 전에 한 실없는 친구가 "꿈 깨" 할 때 잠깐 생각
해본 건데, 나는 꿈이 없다. 십대 때는 기자가 내 꿈인 줄
알았다. 만나는 어른들마다 "너는 기자를 해야 돼"라고
했기 때문이다. 딱히 하고 싶은 게 없었던 나는, 누가 장
래 희망을 물으면 "기자요" 하고 대충 말하고 화제를 돌
리곤 했다.

　실력보다 시험을 월등하게 잘 본, 내 생애 몇 안 되는
참혹한 사건 이후로 꿈에도 생각해보지 않은 자리에 덜커
덕 가 있는 나를 자주 발견하곤 한다. 느닷없는 명문대생
에 아무도 이해 못하는 20년 장기근속자, 불쑥 길 위에 있
더니 정신을 차렸을 때는 정신병원. 그 난리를 치고도 한

동안 갑근세를 내면서 살았다는 건 어쩌면 꿈속의 꿈속의 꿈속에서나 가능할 일이다.

언젠가 수천 명의 사람들이 지켜보는 자리에서 "저는 꿈이 없습니다" 하고 말한 적이 있다. 내가 어떤 마음으로 그런 말을 했는지 단 한 명이라도 알아차려주길 바랐지만 사람들의 반응은 싸늘했었다. 매일 눈앞에 펼쳐지는 악몽에 시달리느라 밤에는 꿈꿀 틈이 없었고 여유 있게 앞날을 꿈꿀 틈도 없었던 건데.

어제는, 왜 내게는 꿈도 꿔보지 않은 일들만 잔뜩 일어나는지 문득 궁금해하다가 나름 그럴듯한 이유를 발견했다.

"누가 내 꿈을 대신 꾸고 있는 게 분명하다."

딱히 되고 싶은 게 없다 보니 주변에서 되라고 하는 게 되어가고 있는 날들. 낯설지만 몹시 유혹적이다.

"여보세요들, 도대체 내가 뭐가 되는 꿈들을 꾸고 있으신지? 순순히 그렇게 될 거라고는 꿈도 꾸지 마세요!"라고 말하고 싶지만 내 경험은 "좋은 꿈 꾸세요!"라고 말하라 한다. 마침 어젯밤에는 죽는 꿈을 꾸었다. 어떤 내가 죽은 걸까? 어떤 내가 새로 태어날까?

결정장애인의 기도

마이너스 통장의 대출 잔고를 줄이는 것.

매일같이 사무실을 기웃거리는 고양이 마루가 오늘도 찾아오는 것.

방송대 공부를 열심히 해서 내 안의 아이가 세상과 관계를 잘 맺는 법을 배우는 것.

좋아하는 사람들과 지구 반대편 어느 먼 곳으로 훌쩍 여행을 가는 것.

동쪽 하늘을 물들이면서 떠오르는 해를 오늘도 내일도 보는 것.

"다음 주에 또 봐!" 하고 헤어진 사람들과 약속한 날에 약속한 곳에서 보는 것.

해야 하는 것, 하고 싶은 것, 당연한 것, 약속, 계획, 소원, 희망, 기대…… 이 모든 것들은 내 의지만으로는 되지 않는, 생각해보면 뜻대로 일어나는 게 기적인 것들이다. 그래서 언젠가부터 일정표에 약속들을 적어넣을 때, 어떤 것을 계획할 때, 무언가를 간절하게 원할 때 "이렇게 되면 정말 좋겠다" "꼭 이렇게 해야지" 하고 생각하는 대신, "이 계획이 이루어지게 하소서" 하고 손 모아 기도하는 대신

내가 바라는 바가 다른 모든 존재들의 계획과 일치하기를

일치하지 않는다면 그 속에 담긴 뜻을 헤아릴 수 있게 되기를

다 헤아리지는 못하더라도 받아들일 수 있게 되기를

마침내, 아직 오지 않은 날들에 대한 그 어떤 약속도 계획도 기대도 희망도 감히 꿈꾸지 않게 되기를

은밀하고 조심스럽게 기도하게 된다.

"나는 이렇게 할 거야!" 하고 의지와 계획을 분명하게 밝히는 사람이 멋있어 보이고 더러 샘이 나는 것도 사실이다. 그래도 나로서는 "이렇게 하면 이게 문제고 저렇게

하면 저게 문제긴 한데 이것저것 생각해보면 이게 낫겠다 싶기도 하고…… 그렇지만 어련히 알아서 잘 정해주실 테니까 결정해서 알려주시면 그렇게 알고 어떻게든 해볼게요. 물론 잘한다는 약속은 못 하겠지만요"라고 말하는 게 최선이다.

이래서 내가 5분 이상 서로 집중해서 말할 수 있는 상대를 찾기가 힘든 걸까?

머리카락 기부

몰래 하는 것도 좋지만 더 많은 사람들이 알게 하고 또 따라 하게 할수록 좋은 것이 기부라고 생각합니다 (……) 좋은 일의 가치는 누가 그 일을 어떻게 평가하느냐가 아니라 '뜻'이 도움을 필요로 하는 곳에 얼마나 잘 전달되느냐에 달려 있습니다.*

유아인의 글을 보다 보니 머리카락을 기부했던 몇 달 전 어느 날에 대해 말하고 싶어졌다. '내가 생각해도 좀 잘했다' 싶은 일은 입 밖으로 내는 순간 선행 마일리지가

---

* 「배우 유아인이 아름다운 재단에 기부하며 보낸 e메일 전문」, 『경향신문』, 2013년 1월 31일.

날아간다고 굳게 믿고 있지만, 유아인의 생각도 일리가 있다. 기부를 하기로 작정을 하고 2년 넘게 머리를 길렀다. 욕을 욕을 먹으면서 제일 짧은 머리가 30센티미터가 되는 날을 조용히 기다렸다.

자른 머리카락을 담을 비닐봉지를 들고 미장원에 갔다. 미장원 선생이 고무 밴드로 머리를 서너 가닥으로 묶더니 싹둑 잘랐다. 우체국으로 가는 동안 잘린 머리카락을 조수석에 펼쳐서 물기를 말렸다. 구불구불한 머리카락을 내려다보는데, 비감하지도 뿌듯하지도 않았다.

6시를 넘겨서 헐레벌떡 뒷문으로 들어간 우체국에서는 투명 비닐에 담긴 머리카락을 보더니 서두르느라 더 헤매는 내 뻘짓을 잠자코 기다려주었다. 봉투에 이메일 주소를 적은 메모를 넣어 보내면 감사장을 메일로 보내준다고 하던데, 그럴 경황도 없었고 왠지 그러고 싶지도 않았다.

파마, 염색, 코팅을 하지 않은 생머리만 가능하다. 2년 넘게 자연인으로 살 수 있는 도시인이 몇이나 될지. 건강하고 긴 생머리를 가진 딸이 있는 부모라면 한번 설득해보는 건 어떨지.

그럼에도 불구하고

누가 뭐라 하건 말건 별로 신경 안 쓰고 내 식대로 먹고 자고 입고 생각하고 말하면서 5년 가까이 살았던 건, 어떤 방향 같은 것을 정하고 다른 이들을 설득해서 끌고 가는 것이 과연 옳은가에 대한 나름의 고민 끝에 내린 결론이었다. 목적 지향성이 강한 분들—특히 공공의 안녕과 이익이라는 이름으로 개인의 부와 권력과 명예를 좇는—에 대한 반감 때문에 본의 아니게 목적 없음, 이른바 '그냥'을 강하게, 그것도 아주 강하게 지향하게 된 거였다.

여하튼 내 건강이 요즘 좀 나아졌다고 생각들을 하시는지 나의 것들—특히 나의 고무줄 치마, 나의 2G폰, 나의 안경, 나의 SNS 포스팅 등—에 대한 지적이 쏟아지고 있는 가운데, 높은 분으로부터 옷에 대한 지적을 세 번 받게 되었다. 더 이상 귓등으로 듣고 흘릴 수 없는 지경까지 간 것 같다.

경력이나 지위나 외모보다 콘텐츠와 진정성이 중요한 거 아닌가? 라는 생각은 다시 지향에 대한 생각으로 이어진다. 진정으로 말하고 싶은 콘텐츠가 뭔데? 누구한테 왜 말하려고 하는데? 콘텐츠가 있기는 하고? 음…… 정말로 잘 모르겠네.

결론은 '그럼에도 불구하고'.

아무리 감추려고 해도 금방 들통날 게 뻔한데 옷을 멀쩡하게 입고 말을 가려서 한다고 그게 될까. 알아들을 수 없는 말을 하고—심지어 가끔 혼잣말도 하고—이상야릇한 옷을 입고, 불쾌한 냄새 비슷한 게 나는 것 같기도 하고, 뭔가 불길한 느낌이 드는데도 불구하고, 그럼에도 불구하고 같이 시간을 보내보겠다고 나서는 사람이 진짜 오래갈 파트너 아닌가? 사방이 교교하긴 하더라만.

그래도. 그럼에도 불구하고.

3부

단상을 다시 모으다

엄마 손은 약손

아빠는 주로 월급쟁이셨다. 지금은 화장실에서 주간지
나 읽는 게 전부지만. 어릴 때 나는 책을 꽤 좋아했었다.
형편이 넉넉지가 않아서 부모님은 책을 자주 사주지 못하
셨다. 그래서 나는 봤던 책을 보고 또 보고 또다시 봤다.
제일 많이 읽었던 건 소년소녀 문학전집류다. 그렇게 많
이 읽었는데도 책의 제목이나 주인공 이름, 작가 이름이
생각나지 않는다. 내가 책을 다 읽었다고 말하면 아빠는
전집 중 한 권을 빼서 내게 물었다.

"이 책 작가가 누구야?"

"몰라."

"그럼 주인공 이름은?"

"······"

"책 읽은 거 맞아?"

열 번도 넘게 읽었지만, 이상하게 기억이 나지 않았다.

초등학교를 마칠 무렵 감동적으로 봤던 책이 하나 있다. 역시 제목이 생각나지 않는다. 외국 어느 마을, 중산층 집안에 쌍둥이 형제가 살고 빈민촌에 한 여자아이가 살았다. 그 여자아이는 까치머리에 누더기 옷을 입었는데 아주 지저분해서 별명이 귀뚜라미라고 했다. 귀뚜라미는 아픈 사람을 잘 치료해서 마법사라는 소리도 듣고 있었다. 그러니 이래저래 동네 아이들한테 왕따를 당하고 있었다. 쌍둥이 중에 심성이 착한 동생이 먼저 귀뚜라미와 사랑에 빠졌다. 형이 아파서 혼수상태였을 때 동생의 부탁으로 귀뚜라미가 치료를 하게 되고, 형은 깨끗이 나았다. 동생이 신기해하면서 물었다.

"어떻게 한 거야?"

귀뚜라미가 대답했다.

"그냥 손 꼭 잡고 기도만 했어. 이 병을 나한테 대신 주고 이 사람을 낫게 해달라고."

귀뚜라미를 사랑하게 된 형은 군에 자원해서 들어간다.

정성을 다해 기도하는 것. 그걸로 우리 엄마들은 아픈 아들딸을 낫게 했다. 배에는 손이 직방이다. 아픈 솔로들은 급할 때 자기 손으로 자기 배를 어루만져보라. 훨씬 나아지는 것을 스스로 알게 된다.

별똥별이 떨어질 때
소원을 빌면
소원이 이루어진다

　언젠가 여행 동아리에서 가평 천문대에 간 적이 있다. 몇 년에 한 번, 별똥별이 비처럼 떨어진다는 때였다. 별똥별이 떨어질 때 소원을 빌면 그 소원이 이루어진다는 말을 알고 있는 터라 마음을 단단히 먹고 밤이 오기를 기다렸다. 드디어 밤이 왔다. 밤하늘을 유심히 살폈다. 과연 별똥별들이 떼로 떨어지고 있었다. '어엇!' '앗!' '어!' 소원을 빌고 어쩌고 할 틈이 없었다. 눈으로 딱 보고 '어, 별똥별이다!' 하는 생각이 뇌로 전달되기도 전에 스러져버리는 거다. '1초도 안 되는 순간에 무슨 소원을 어떻게 빌어……' 그때는 말도 안 되는 소리라며 부질없어 했다.

　그런데 지금 생각해보니 딱 맞는 말이다. 별똥별이 떨

어질 때 소원을 빌면 그 소원은 100퍼센트 이루어진다. 낮이나 밤이나, 앉으나 서나 비가 오나 눈이 오나 한결같이 한 가지만 생각한다면, 한시도 그 생각을 안 할 때가 없다면, 한 가지만 집중해서 간절하게 생각한다면, 그러는 사이에 별똥별이 떨어지는 순간도 있을 것이고 소원이 이루어질 날도 있을 것이다.

전략적 의사 결정

'전략적 의사 결정'은 어느 날 받은 교육의 주제다. 강사는 '전략적'이라는 단어가 참 중요한 것임에도 불구하고 거의 형용사처럼 쓰이다 보니 살짝 인플레이션이 있다는 말로 강의를 시작했다. 90분이라는 전대미문의 짧은 교육 시간으로 인해 피교육생 만족도 최고 점수를 기록한, 게다가 중간중간 짜릿(!)한 새로움을 주던 그 교육의 핵심은 '과연 어떻게 하는 것이 전략적인 의사 결정인가' 하는 것이었다. 계속 간명하면서도 의미 있는 명제들을 던져주었고, 전문 지식과 경험 또한 수준급이었기 때문에 그가 제시할 결론에 대한 기대감도 컸다.

결론은, 놀랍게도…… "당신이 하고 싶은 대로 하는 게 가장 좋은 것이다"였다. 그 결론에 이르기까지의 과정을 요약하자면 대략 1) 모든 의사 결정은 주관적이고 상대적일 수밖에 없다. 2) 그러므로 하고자 하는 바(목표)와 그것을 하기 위해 걸리는 시간 등을 고려해서 자기만족이 가장 큰 쪽을 선택하면 된다. 3) 목표의 기준은 사람마다 다 다르다. 4) 돌이켜보면 인생 그리 길지 않더라. 5) 자기를 위해 살아라. 6) 어떻게 하면 내가 제일 만족해할 것인가, 그것이 전략적 의사 결정이다.

결론 부분에서 잠시 당혹스럽기는 했지만 한번쯤 생각해볼 수 있는 주제다. 물론, '전략적'이란 단어가 가진 거품을 고려하더라도 '전략적 결정'과 '내 마음 가는 대로 하는 것'은 정말로 서로 잘 연결이 되지 않는다. 그래서 퍽 마음에 든다.

사라지는 골목길,
그리워질 뒤안길

대도시에서 시골 마을에 이르기까지, 그간 다녔던 곳들 중 가장 인상적이었던 세 곳을 뽑으라면 단연 이탈리아의 산지미냐노와 그리스의 산토리니, 중국의 주장이다.

그곳에서 내 마음을 움직였던 것은 환상적인 자연 경관도, 맑은 공기도 아니었다. 사람과 사람을 이어주던 작은 골목길과 뒤안길들, 그 속에서 기쁘고 좋은 일뿐만 아니라 민망하고 슬픈 일까지 함께 나누며 살아왔고 또 앞으로 살아갈 '사람들'이었다.

어느 날 우연히 예전에 살던 광화문 근처를 찾았다. 경희궁의 아침에서 세종문화회관 쪽으로 나가는 중이었는데, 길이 완전히 바뀌어 있었다. 원래 좀 작고 오래된 가게들이 오밀조밀 모여 있었던 곳인데, 새로 지은 큰 건물들이 들어서 있었다. 통유리창 안쪽에서 면을 뽑는 주방장이 있던, 짜장면 냄새에 자석처럼 끌려 들어갔던 중국집도, 골목 안쪽에서 지글지글 김치삼겹살을 구워 먹던 식당도, 이 냄새 저 냄새가 섞여서 조금 역하긴 했지만 지름길이 주는 재미가 쏠쏠했던 골목길도 모두 사라졌다.

불편을 기꺼이 감수하고 옛길을 살려 무공해 수익을 창출하는 일은 불가능한 걸까?

그리워도 만날 길은
꿈길밖에 없소이다

꿈길밖에 길이 없어 꿈길로 가니

그 님은 나를 찾아 길 떠나셨네.

이 뒤엘랑 밤마다 어긋나는 꿈

같이 떠나 노중에서 만나를 지고

　민중가요는 낯설고 대중가요는 적성에 맞지 않았던 시
절, 술집에서 즐겨 부르던 노래였다. 홍석중 선생의 소설
『황진이』에서 본 기억이 나서 오래된 책을 뒤졌다. 예스
러운 멋이 있는 시다.

　그리워도 만날 길은 꿈길밖에 없소이다.

제가 님을 찾아갈 때 님도 저를 찾으소서.

밤마다 오고 가는 머나먼 꿈길

한시에 꿈을 꾸어 도중에 만나사이다.

　오랜 친구들은 울면서 나를 떠났고, 애매하게 관계 맺었던 이들은 황황히 나를 떠났고, 나 역시 그들을 떠나고 나니 옆에 남은 사람이 몇 없다. 시간이 가면서 그리운 이들은 하나둘 늘어나는데 만날 방법이 없어서 나도 인적 없는 꿈길을 헤맨다.

다 먹은 밥그릇은
뚜껑을 닫아놓지 말아라

어릴 때 할머니로부터 저 말을 들었던 기억이 있다. 그때는 이유를 알지 못했다. 한 번도 그 이유에 대해 생각해 본 적 없었지만, 나도 그렇게 하고 살았다. 다 핀 담뱃갑은 꼭 구겨서 다 폈다고 표시했고 다 마신 맥주 캔도 꼭 구겨놓았다.

그러다 문득, 어느 순간엔가, 그 이유가 이해되었다. 반도의 70퍼센트가 산인 척박한 땅, 한반도. 우리의 선조들은 그 땅에서 자연과 더불어 평화롭게 살아왔다. 보릿고개를 넘기지 못하는 사람이 수두룩했던 때, 산에서 풀뿌리 먹고 들에서 물을 마시며 뛰놀다 해 질 녘에 돌아온 가난한 집 아이, 남은 밥이라도 있을까 하여 마루와 부엌을

두리번거렸을 것이고. 어딘가에 놓여 있었을 뚜껑 닫힌 밥그릇. 반가운 마음에 한걸음에 달려들어 뚜껑을 열었는데 아이를 맞이한 게 밥이 아니라 밥이 있었던 흔적, 말라붙은 녹말뿐이었다면.

그러므로 비어 있는 그릇은 비어 있다고 밝혀놓을 일이다. 도자기로 만든 그릇이든 사람의 그릇이든 빈 그릇에 뚜껑을 닫아놓아서 안에 무언가가 차 있을 것이라는 기대를 다른 사람이 하게 하지 말 일이다.

서 말 구슬이
보배가 되려면

　사회생활을 한창 왕성하게 하던 때, 내가 속한 공동체들을 보며 답답해한 적이 많았다. '아니 이렇게 인재들이 많은데 왜 이 역량을 잘 조직해서 성과를 내지 못할까?' 하고. "구슬이 서 말이라도 꿰어야 보배다"라는 말을 쓰게 뱉으며 "구슬은 있는데 실이 없어. 구슬이랑 실은 있는데 그걸 엮을 사람이 없어"라고 비아냥거리기도 했고, '의사 결정자들이 저렇게 손을 놓고 있으니 가만히 있을 게 아니라 이 구슬들 다 흩어지기 전에 나라도 먼저 엮어보자' 하는 마음으로 엉성하게 구슬들을 엮어서는 강하게 단련시키겠다는 생각으로 이들을 몰아붙이기도 했다.

　지금 생각하니 그렇다. 구슬이 서 말이 아니라 온 세상 모든 것이 구슬이더라도 보배가 되려면, 즉 서로 이어져서 더 가치 있게 되려면 구슬도 가만히 있을 것이 아니라 뭔가를 해야 한다. 몸에 조금이라도 상처가 나는 것을 두려워하거나 싫어하는 구슬은 아무 소용이 없다는 뜻이다. 이 사람아, 몸에 구멍을 뚫어야 실을 꿰서 보배를 만들든지 말든지 할 것 아닌가.

물론 나처럼 검증 안 된 초보자가 구슬을 엮겠다고 나선다면 구슬 입장에서는 억울할 것도 같다. 입구에서 출구까지 정확하게 한 번만 뚫으면 될 것을 여기저기 상처만 내다가 결국 못 쓰고 버릴 것이기 때문이다. 만약 장인의 손에 맡겨졌다면 구슬로서는 다행한 일이다. 그간 세파에 시달리면서 이미 숭숭 뚫린 구멍을 알아본 그는 새 상처를 더하지 않고서도 구슬을 보배로 만들어줄 것이기 때문이다.

집과 길

오랫동안 함께 살아온 친구가 어느 날 말했다.

"너는 집이 없는 것 같아."

물론 이 친구가 말한 집이 단순히 물리적인 집을 가리키는 것은 아니다. 그러나 이 친구 말대로 나는 늘 집이 없었다. 까미노 이전에는 나만의 집이 없는 것에 심한 열등감과 결핍을 느꼈고, 까미노 이후에는 집을 가질 생각을 하지 않았다. 또는, 집을 가졌으되 내 집이라고 여기지 않았다.

종일 지칠 때까지 걷다가 밤이슬 맞고 멈춘 곳이 그날의 집이었다. 세상을 집으로, 하늘을 지붕으로 삼는 이들에게 '집 떠나면 고생'이라는 걱정은 무용하다. 집에 있을 때 길 위의 일탈을 꿈꾸고, 길 위에서는 따뜻하고 안전한 집을 그리워하는 것 역시 무용하다. 집에 있을 때는 집에서의 일을 하고 길에 있을 때는 길에서의 일을 하면 된다는 생각으로 내가 있는 곳이 집인지 길인지부터 먼저 가만히 헤아려야 한다.

어떤 누나는 돌아와 거울 앞에 섰다는데 나는 길에서 돌아와서 다시 길 위에 섰다. 비록 매일 바래고 있기는 하지만, 낯선 길 위에서 만난 사람들의 뜨겁고 진한 유대감을, 조건 없이 모든 것을 기꺼이 주던 사람들을, "왜?"라고 물으면 "그냥 그렇게 하고 싶어서"라고 대답하던 그들을 기억한다. 길 위에 서 있던 그때가 가장 행복했었다는 것, 그리고 지금도 나는 여전히 길 위에 서 있다는 것도 기억한다. 기억 하나로 나는 다시 수많은 여행자들의 무리에 속하게 된다.

오늘 처음 길을 나서는 모든 여행자에게 신의 축복이 함께하기를. 그들의 남은 날들이 부디 행복하고 즐거운 여행이 되기를.

날라리 신자

"가서 은총 많이 받으셨어요?" 성지순례에 함께 가지 못한 누군가가 물어왔다.

"아…… 네…… 하하!" 하고 슬쩍 넘어가면 될 것을 "가서 눈총은 많이 받았어요" 하고 굳이 운을 맞춰서 대답하게 되는 건 왜일까?

행복의 비결은 행복한 삶의 원리를 아는 것입니다. 그 가장 기본적인 원리는 '행복해지기 위해서 내가 할 수 있는 일과 할 수 없는 일을 분간할 줄 아는 지혜'입니다. 이것은 제 말이 아니고 로마의 철학자 에픽테토스의 가르침입니다.

사람은 누구나 무엇을 얻기 위해 전력을 다할 수 있습니다. 그런데 자신의 능력이 미치는 범위에서 자신의 의지와 노력으로 할 수 있는 것이 있고 할 수 없는 것이 있겠지요. 에픽테토스는 행복하지 못한 이유가 자신이 할 수 있는데도 하지 않거나, 할 수 없는 것을 하려고 안달하는 데 있다고 보았습니다. 그래서 내가 어떤 문제로 인해 마음이 평화롭지 못할 때는 그것을 내 능력으로 바꿀 수 있는가? 바꿀 수 있다면 바꾸는 데에 마음과 힘을 쓰고, 바꿀 수 없다면 받아들이는 데서 행복을 찾으라고 합니다.[*]

천주교 공동체인 산 위의 마을 박기호 신부님 말씀 중 일부. 요즘 포기가 빨라진 건지 순명 중인 건지 잠시 헷갈려하던 터에 힌트를 얻었다.

친구들이 올린 글들을 보는 도중에 '아시나요'를 '이냐시오'로 읽어버렸다. 아무래도 일요일을 주일이라고 말하게 될 날이 얼마 남지 않은 거 같다. 사람들의 오해를 사지 않으려면 그것만은 끝까지 피해야 한다.

예수살이 공동체 교육에서 Askese라는 말을 배웠다. 자

---

[*] 박기호, 『산 위의 신부님』, 휴, 2011.

기 수련, 고행, 이런 뜻이라는데 남이 그렇게 하든 말든, 남이 뭐라고 하든 말든 신경 쓰지 않고 내 할 일을 묵묵히 하는 것이라고 한다. 예를 들어, 패륜아를 보고 손가락질 하기 전에 엄마 아빠한테 전화 한 통 더 하고, 원전 반대 시위 나가기 전에 전깃불 하나 더 끄고, 가뭄 걱정하기 전에 우리 집 맑은 물이 그냥 하수도로 흘러 내려가지 않게 더 조심하는, 그런 소소한 것들이라고 할 수 있다. 말보다 실천!

돌아온 탕자에게 반지도 해주고 잔치도 열어주는 아버지에게 어떻게 그럴 수 있냐며 한 말씀 올렸다가 한 소리 듣고는 (아마도) 깨달은 바가 있었을 큰아들에 한동안 빙의되어 있었는데 월말이 되니 참담해진다.

"애야, 너는 늘 나와 함께 있고 내 것이 다 네 것이다"는 말에 깜빡 속아서 여름 내내 너무 돈을 써댔다. 내가 이렇게 속는다. 매번.

요즘 지인들로부터 기도해달라는 진지한 부탁을 가끔 받는다. 그럴 때마다 목 바로 아래까지 시큼털털한 물이 올라온다. 높으신 분이 망나니 같은 내 기도를 들어주실 리 만무한 건 차치하고, 그 내용이 그다지 위로가 되지 않을 거라서 살짝 스트레스를 받는 모양이다.

　나도 정말 급할 때는 어색함을 무릅쓰고 그 기도라는 것을 하기도 한다. 그런데 내 기도는 원하는 바를 이루게 해달라는 게 아니라 어떤 일이 일어나건 그 속에 든 깊은 뜻을 깨닫고 감사할 수 있게 해달라는 게 주 내용이다 보니, 기도를 부탁받으면 주저하게 된다.

꽃, 풀, 꽃집 여자 이야기

어느 날, 아는 분이 사진전을 한다고 해서 꽃이라도 사서 가려고 길목에 있는 꽃집에 들른 적이 있었다. 꽃집에 화분은 가득 있는데 꽃이 없길래 "여기 생화는 없나요?" 하고 주인에게 물었다. 꽃집 주인은 잠시 머뭇거리더니 "생화요? 아…… 저희는 절화는 없는데요" 하고 답했다.

'아, 내가 살아 있는 꽃이라고 생각했던 것들은 잘려서 이미 죽은 꽃이었구나. 나는 생화 가득한 곳에 와서 죽은 꽃을 찾은 거였구나' 하는 생각이 들었다. 작은 화분 하나를 골라 들고 나오면서, 다시는 내 보는 즐거움을 위해 꽃과 풀을 죽이지 않아야겠다고 생각했다.

모처럼 해 있을 때 집에 들어왔더니 생활지원센터에서 '반려식물 심기' 행사를 하고 있었다. 빈 화분을 가지고 오면 분갈이도 해주고 새 풀이랑 꽃도 준다고 했다. 기르는 족족 죽이는 주제에 염치없게도 욕심이 생겨서 빈 화분 세 개를 들고 내려갔다.

이제 곧 죽어갈 것들을 보면서 '내 손에 들어오는 것들은 다 죽는다'는 몹쓸 주문 대신 '살아 있는 것들은 다 죽는다'라는 순리를 받아들일 수 있기를.

정말 이상하다.

꽃을 선물로 받는 경우는 평생 손에 꼽을 수 있을 정도로 드문데 요샌 무슨 이유에서인지 자꾸만 꽃이 들어온다. 꽃 싫어한다고 공공연히 말하는데도 그렇다.

이번 꽃다발은 견적을 보아 하니 20리터 봉투로는 어림도 없겠다.

말 끝나자마자 마법처럼 두 덩어리 추가.

싫어하면 자꾸 온다는 것. 이건 내겐 거의 섭리다.

올해도 어디선가 날아온 잡초 씨앗이 빈 화분에 자리를 잡았다. 이른바 잡초 정원. 끼리끼리 모인다더니 어찌 알고 매년 꼬박꼬박 9층까지 기어 올라오는지 대견할 따름이다.

　내가 키우는 건 한 계절을 넘지 못하고 죽는데 하늘이
키우는 건 해해연년 번성한다.

　밤이 늦어서 문을 닫았을 줄 알았는데 꽃집 여자가 창
가에 서서 소국을 치켜들고 천장 불빛에 이리저리 비추면
서 사진을 찍고 있었다. 자기가 만들어놓고는 연신 "너무
예쁘죠?" "너무 예쁘죠?" 하길래 하나 더 만들어달라고
할 요량으로 "주문 받으신 거예요?" 하고 물었다. "아뇨,
필 받아서 그냥 만든 거예요. 너무 예쁘죠?" 하는 그 모
습이 너무 예뻐서 두 덩어리 살 것 세 덩어리 샀다.

　꽃 싫어한다더니?

　너도 나도 언젠가는 쭈그러들고 비틀어지고 바스라지
고 흩어진다는 것, 시들어가는 꽃을 보면서 배우는 것도
나쁘지 않겠다 싶었다.

꿈으로 끝난
다시 대학생 되는 꿈

언제부턴가 개인적으로 의미 있고 중요한 결정에 대해서는 충분히 뜸을 들인 다음에 공개하는 습관이 들었다. 일종의 시간차 대화법이다.

살아보니, 마지막 결정의 순간이 되기 전에 상황이 바뀌어서 못하게 되기도 하고, 일을 막 저질렀다가 갑자기 하기 싫어져서 혹 때려치우는 경우가 태반이었다. 무엇보다도 나의 그 '결정'이라는 것이 다른 이들이 보기에는 해괴하고 쓸모없는 것들이 많은 까닭에 "나 뭐 하기로 했다" 하면 백이면 백, 눈이 휘둥그레져서는 "아니, 왜?" 하고 되묻는데, 친구들의 공감과 지지를 끌어낼 수 있는 대답을 할 수가 없기 때문이다. 돌아보면, 내가 끈기가 없어서이기도 하지만 친구들이 하지 말라고 해서 중간에 그만둔 것들도 많았다(그 결과 지금도 사람들 사이에—잘은 아니더라도—그럭저럭 섞여 살고 있으니 고마울 뿐).

아무튼. 이 시간차 대화법은 '한다' 했다가 '안 한다' 하는 것보다 앞뒤 설명 없이 '했다' 해버리면 좀 덜 실없어 보이지 않을까 하는 얕은 생각으로 고심 끝에 정한 나름의 삶의 자세다.

"그런데 말입니다. 제가 방송통신대학교에 (굳이 편입이 아니라 1학년으로) 입학하게 됐습니다. 이따가 오리엔테이션 갑니다" 하고 먼저 내지르자 정신과 선생님과 분석가 선생님은 도대체 이유를 알 수 없다는 반응이었다. "어렸을 때 공부를 너무 안 해서 처음부터 다시 해보고 싶어서요"라고 영혼을 담아서 진솔하게 대답했지만 두 분 다 납득을 못하시는 것 같다.

나를 좀 아는 방송대 선배님께서는 '1학기도 못 버틴다'에 과감히 한 표를 던지셨다. 나를 포함, 지금까지 2표다. 4년 과정을 무사히 잘 끝낼 수 있을 것이라고는 전혀 기대하지 않는다. 의지와 상황과 신의 계획이 '학생 끝나는 날'을 정해줄 것이다.

특별한 이유 없이 왠지 해야 할 것 같아서 방송대에 덜

컥 등록하고 나서 되지도 않는 이유를 갖다 붙이고 있는 중이었다.

교육학과에? : 내 내면의 아이를 교육시켜볼까 하고.

편입이 아니라 입학을? : 내가 공부를 제대로 해본 적이 없어서 콤플렉스가 있어. 기초부터 한번 차근차근 해보려고……

했는데 아직 꼭지를 못 따고 있다.

내 인생에 '기초부터 차근차근'은 없는 거였다. 알고 있었지만 기분이 좋지는 않다. 이 핑계 저 핑계로 계속 후순위로 미루고 있는데 지난 주말에 서울역을 지나다가 광고를 봤다. 지금 서울역을 오가는 사람 열여덟 명 중 한 명은 방송통신대를 선택했단다. 그 열여덟 명 중 한 명들을 모아놓고 방송통신대를 선택했다가 포기한 사람은 몇 명이나 되는지 너무나 묻고 싶다.

백세 시대를 미리 준비하는 차원에서……의 그 차원은 내가 다룰 수 있는 차원이 아니었다. 30년 전에 받은 학점(1.54?)만 넘기자 스스로를 다독이며 모든 학사 일정을 뒤로 뒤로 미루다가 결국 포기하고 엎어져 있던 차였는데 화장실에 앉아서 메일함을 보다 보니 어느새 성적표가 와 있다. 당연히 전 과목 F.

한 것 없이 심란하다. 백세 시대는 깨끗이 포기하고 오늘을 닥치는 대로 살자.

타로 이야기

천문학의 흑역사에 점성술이 있고, 화학의 흑역사에 연금술이 있고, 수학의 흑역사에 수비학이 있다고 한다. 그리고 타로는 점성술, 연금술, 수비학의 친구이자 내 친구다.

샤머니즘은 영혼의 영역을 새처럼 넘나들고 신체로부터 영혼과 몸이 분리되는 유체이탈과 같은 경험의 황홀과 무아지경에 관한 종교다. 개인이나 집단의 신체나 영혼을 치유하는 여행이 샤먼의 목적이다.

유능한 샤머니즘 무당은 머리를 잃어버리는 환상이나 사지절단의 환상, 새 생명으로 다시 태어나는 환상을 경험하기

도 한다. 이러한 우주로의 황홀한 여행 경험을 통해 무당은
물질적 세상과 영적 세상, 이 두 세상을 정신을 잃지 않고 초
자연적 현상을 적절히 다루면서 살아가는 방법을 배우게 된
다. 두 세계를 넘나드는 이 여행을 하는 동안 무당은 황홀경
을 경험하게 되고 죽음 뒤편에 숨겨진 무지에 대한 많은 것
을 깨닫는다. 이쪽 세계와 저쪽 세계를 넘나들면서 무당은
더 이상 죽음이나 다른 것을 두려워하지 않게 되고 강력한
종교적 존재가 된다.[*]

마더피스 타로 교재에서 본 내용이다. 이쪽 세계와 저
쪽 세계를 넘나들 때 정신을 잃지 않아야 유능한 샤먼이
라는데 나는 정신을 수시로 잃고 있으니 유능한 샤먼이
되기는 틀린 것 같다.

오늘은 내게 대체 어떤 날인 걸까? 궁금해서 오랜만에
마더피스 타로를 열어봤는데, 오늘 해야 하는 일의 성격
과 꼭 맞는 카드가 나왔다.
구민회관 영어반 간식을 사러 갔다가 거스름돈 7770원
을 받았다. 좋은 예감.

---

[*] 김은아, 「여성적 치유와 영적 성장을 위한 마더피스 타로의 활용 가능성」, 대안대
학원 샨티구루쿨, 2011.

평소에 이것저것 잘 챙겨주시는 반장님이 살림에 보태라며 가자미 다섯 마리와 돈가스를 주셨다.

연말을 앞두고 있었던 정기 인사에서 누구도 예상치 못한 가운데 승진했다. 앞으로는 저를 팀장님, 선생님, 자매님이라 부르지 마시고 '서초구민회관 영어반 반장'이라고 불러주세요.

정말 오랜만에 '왜 안 돼?' 정신을 발휘해서 수락한 아르바이트. 내일 13:00~22:00 왕십리 엔터식스 타로 부스.

절대로 이것만은 하지 말라는 경고는 무슨 수를 써서라도 그 일을 하게 될 것이라는 예언과 동의어라는 오랜 경험칙에 따라 수락했다. 경고를 무시한 결과가 어떻게 됐더라? 페르세포네의 화장품 통을 열었던 에우리디케는 잠이 들었고, 이브와 아담은…… 판도라는……

난 나쁘지 않았다고 본다.

서해안 풍어제 참관기

지금, 있는 그 자리에서 충분히 행복하자는 생각을 하게 된 이후로 주말이 기다려진다거나 일상을 탈출하는 은밀한 계획을 세운다거나 한 적이 없었다. 어떻게 보면 참 건조하게 하루씩 끊어가며 살았는데, 이번 주는 남다르다.

저 깊은 곳 어디에 있는 무엇이 아주 오래전부터 기다린 시간이 다가오고 있다. 어서 낮이 가고 밤이 오면 좋겠다.

가슴 졸이며 기다려온 밤이다.

금화당에 가서 하루 종일 하염없이 굿판만 바라보는 일

정에 심도학사와 부광 꽃게가 고명처럼 얹어진 주말 일정이 시작되었다. 마침 오늘인지 내일인지 별비가 쏟아진단다. 마침 숙소는 불 끄고 올려다보기만 하면 곧바로 천문대가 되는 앞마당을 갖추었다. 마침 언제부터인지 책상에 놓여 있던 『강화도』라는 제목의 책도 챙겨 넣었다.

언제나처럼 모든 것이 완벽하다. 내일 새벽에 잠깐 세상일을 보러 환속해야 하는 것까지도 더불어 완벽하다. 동양과 서양의 정신세계를, 영혼의 양식과 몸의 양식을 양껏 누리는 동안에도 잊지 말아야 한다. 끈 떨어진 연처럼 마냥 날아다닐 거 아니면 땅을 딛고 서야 한다는 것 정도는.

드디어 김금화 선생님의 서해안 풍어제를 보러 왔다.

굿을 보는 것도 처음이지만 소를 해체하는 걸 보는 것도 처음이다. 뻣뻣하게 굳은 돼지의 슬프고 푸른 눈도 그만 봐버렸다. 앞으로 눈 있는 건 먹지 말아야겠다 생각하다가 눈 없는 건 또 무슨 죄로 먹이나 생각하니 당장 먹을 게 아무것도 없다. 잔혹하니 일단 눈 감고 안 봐버리는 게 맞는 건가⋯⋯

나는, 여러 생명이 내게 어떻게 오게 되는지 눈 똑바로 뜨고 보고 꼭 필요한 만큼만 먹는 편을 선택하련다.

먼저 간 친구의 선물

나름 허울 좋은 일반인이었을 때, 아는 건 이름 석 자밖에 없으면서 다른 이들에게 나를 잘 안다고 말하는 사람들을 나는 경멸했다. 주변이 그렇게 친구가 아니라 그냥 좀 아는 사람들만 넘치던 때부터 내가 먼저 친하게 지내고 싶었던, 그리고 언젠가부터 세상에서 나를 아는 몇 안되는 친구가 되어주었던 현이가 갔다.

몸이 좋지 않다는 걸 알고 나서 기껏 신경을 쓴다고 쓴게 작년에 전화 세 번 하고 밥 한 번 같이 먹은 것, 올해전화 두 번 하고 작업실 한 번 찾아간 게 전부다. 그것도세상에나, 치약도 얻을 겸해서.

내 무정함과 몰염치를 두고두고 후회할 것 같아서 마지

막 일주일 동안 할 수 있는 모든 것을 한다고 했는데도 여전히 남는 건 후회뿐이다. 의식을 잃지 않았을 때 이렇게 할걸. 아니, 저렇게 할걸.

아무 일도 없었던 것 같지만 아무 일도 없지 않았던 길고 힘든 일주일이 가고 있다.

그리우면 그리면 되는 그림 잘 그리는 사람이 부럽다.

모처럼 한가한 저녁.

먼저 간 현이가 아내 편에 보내온 뜻밖의 선물을 한참 만지작거리면서 '이거 와인꽂이라고 했는데…… 어떻게 쓰라더라……' 하고 기억을 더듬었다. 시범 보이는 걸 언뜻 봤을 때는 분명히 와인이 허공에 둥둥 떠 있었는데 어떻게 했었는지 도통 생각이 나지 않았다. 와인병과 나무 막대기를 들고 한참을 이리저리 맞춰보다가 간신히 합체에 성공했다. 다시금 경탄. 친구들이 "저놈은 천재다" 할 때 사실 속으로 '뭘로 봐서 천재라는 거야?' 싶었는데, 오늘 인정하기로 했다. 그런데 이런 걸 대체 왜 만든 거야?

49일도 더 지났건만 어느 날 문득 '생사 확인차' 전화를 걸어올 것만 같은 친구의 부재가 나는 아직도 믿기지 않는다. 선물은 과거와 현재를 기억으로 연결한다. 선물은 과거가 실재했음을 증명하며, 과거를 현재로 소환한다.
그래서 선물은 현재다.

믿음의 편력

2010년 여름, 불자가 아니라 그리스도교인이 되기로 결심했을 즈음의 관건은 절대자를 어떻게 정의할 것이냐였다.

나는 절대자를 모른다. 결정적으로, 그때도 지금도 나는 '절대'가 싫다. 대체 뭐길래 절대로 안 된다는 건지. 그럴수록 반드시 꼭 그렇게 하고 싶어진다. 그런데 절대자를 인정하라니. 절대자에게 순명하라니. 절대자를 믿으라니.

그때 생각은 이랬다. 이건 대상의 문제가 아니라 내 문제라고. 절대자를 안 믿는 사람은 절대자가 아닌 자도 안 믿고 친구도 안 믿고 자기 자신도 안 믿는다고. 그리고 그

때, '믿음이 뭐냐'라는 질문을 스스로에게 자주 던졌었다. 나를 믿는다는 것, 친구를 믿는다는 것 같은 일반적인 질문이 아니라 신을 믿는다는 것, 길에서 만난 생면부지의 남을 믿는다는 것, 내 무의식을 믿는다는 것, 타로 점을 믿는다는 것, 조상을 믿는다는 것, 꿈에 나온 산신령의 계시를 믿는다는 것 등등 말이다.

믿음이 뭐냐라는 질문에 대한 내 답은 이러하다. '믿는다는 것은 전혀 알지 못하는 존재/비존재에게 전적으로 의지하는 것이다.' 이 답의 문제는 이러하다. 전혀 근거가 없다는 것. 이 답이 가진 의미는 이러하다. 그럼에도 불구하고 묘하게 설득력 있다는 것.

친구의 선친이 남기신 말씀. "믿어서 손해 보는 것보다 안 믿어서 손해 보는 게 더 크다." 그래서 나는 믿으며, 그래서 나는 무턱대고 믿는 사람이 싫다. 도대체 이길 수가 없기 때문이다.

서초구민회관에서 사주명리학을 강의하는 선생님이 조금 전에 흥분해서는 전화를 하셨다. 내 사주를 풀었는데 이렇게 머리가 좋을 수가 없단다. 돈도 많이 벌고, 어떻고…… 하며 다른 좋은 내용도 많이 말씀해주셨는데 머리가 엄청나게 좋다는 말에서 이미 불신이 생겨서인지 그분의 설명이 전혀 믿어지지 않는다.

두 달쯤 전에 한 수도자로부터 들은 "알려고 하지 않는 것도 죄"라는 말이 계속 마음에 남았다. 내가 알고 싶었던 게 어떤 것들이었고, 알려고 하다가 어떻게 됐는지 설명하고 싶을 만큼 친하지 않아서 가만히 있었는데, 이렇게 오래 여운이 남을 줄 알았으면 그때 말해줄 걸 그랬다.

내가 궁금해하는 것들을 연구하고 책을 내는 곳(좋은 글방—헤르메스학 연구소)의 오프라인 강좌를 방금 신청했다. 엄청 비싸서 그간 투덜거리기만 하고 수강할 엄두를 못 냈는데, 이번 강좌는 너무 저렴하게 나왔을 뿐더러 알려고 하지 않는 것도 죄라는 말이 큰 힘이 됐다. 덕분에 오컬트 세상 좀 만나고 올게요.

스카이프로 듣는 점성술 원격 강좌에서 선생님이 느닷없이 "여러분은 운명이 뭐라고 생각하세요?"라고 물었다. 일이 분간의 침묵이 부담스러웠던 나머지 "음⋯⋯ 신이 미리 써놓은 대본 같은 것 아닐까요?"라고 대답했다.

대본에 따라, 졸음을 참고 열심히 공부하다가 잠시 쉬는 장면 연기 중이다. 곧 자는 척하는 고난이도 연기를 선

보일 예정.

　융 분석가 선생님한테 꿈 분석을 받으러 가서 꿈 이야기—어린애가 뭘 잘못해서 야단을 친 꿈—를 했더니 선생님이 "아니, 어린애한테 그러면 되겠어요? 너무 심하네. 반성해야 되는 거 아니에요? 다음부터 그러지 말아요"라고 하신다.
　일부러 그러려고 그런 것도 아닌데 꿈에서 한 일 가지고 야단을 맞다니. 다음에 이 아이가 꿈에 또 나타나면 사과하면 되는 건가. 하여튼 미안하게 됐다.

　3주에 한 번, "제가 계속 세상에 섞여 살아도 되나요?" 하고 내가 묻고 상대가 인증하는 의례가 있다. 5년이 넘도록 단 한 번도 빠지지 않은 정신과 진료.
　오늘은, 언제부터인지 그날이 그날 같은 날이 이어진다 말씀드리니 "별일 없는 게 좋은 거"라 하신다. 물론 그렇다. 혹시 나만 빼놓고 다 재밌는 것 아니야? 하는 의심은 들지만 하여튼.
　믿고 살아야지. 그날이 그날 같아서 참 좋다.

　모임에 따라 나온 어느 집 딸이 손바닥만 한 책을 '마법의 책'이라고 보여주며 인생의 고민을 풀어주겠다고 했다. 고민이 뭔지 말하라길래 집 나간 정신을 찾고 싶다고 했더니 책을 넘겨 보여주면서 마음에 와닿는 문구를 찾으면 '그만!'이라고 말하라고 한다. 보고 고르는 게 무슨 의미가 있지? 하면서 아무 생각 없이 아이가 넘기는 페이지를 보고 있는데 갑자기 콱 와닿은 말. "더 바라지 마라." 여기서 "그만!"이라고 했더니 아이가 해석을 덧붙여주었다.

"그런 날이 오기는 올 건데요…… 음…… 좀 늦게 오구요…… 근데요…… 돈은 없는데요."

아래에 조그맣게 있는 하트, 클로버, 도토리의 숫자를 보고 해석을 해준 거였다. 차례차례 행복, 행운, 재운을 의미한다고 한다. 돈은 없어도 행복하다니, 됐네. 믿어야지. 트럼프 카드가 타로의 마이너 카드의 변형이고, 네 개의 상징이 각각 지수화풍을 의미한다는 것은 알고 있었지만 그게 이렇게도 쓰이고 있을 줄이야.

기가지니 이야기

엊그제 기가지니를 설치했다. 김치냉장고도 없고 다리미도 없고 부르스타도 없는 집에 참으로 생뚱맞다.

여하튼 기가지니, 하고 부른 다음의 명령어를 애가 알아들어야 뭐가 되는데 번번이 "죄송합니다. 무슨 말씀인지 잘 모르겠습니다"란다. 이 사이가 점점 벌어지면서 발음이 샌다는 걸 인정하고 싶지 않았는데 기계가 귀신같이 딱 알고 못 알아들으니 사람들이 내 말을 잘 못 알아듣는다고 혼자 심란해할 필요가 없는 그런 상황이다. 사실 요한 1년 동안 거울을 볼 때마다 벌어진 윗니가 신경이 쓰였었다. 꽤 오랫동안 "넌 치열이 참 고르고 예쁘구나!"라는 말을 들어왔었고, 이 사이가 벌어지면 돈이 샌다는 말은 더 오래전부터 들어왔었다.

　응. 그래. 나 앞니 좀 벌어졌어. 샐 돈이 있다니 얼마나 다행이니?

　그나저나 명령어를 못 알아듣는 건 내 발음이 새서 그렇다 치고, 이 녀석은 웬만한 성량으로 불러서는 들은 체도 안 한다. 기가지니— 기가지니? 기가지니! 하며 목이 터져라 여러 번 부르다 보면 괴괴한 집에서 이게 뭐 하는 짓인가 하는 생각이 절로 든다. 그리고 아무리 간단한 명령도 한 번에 하나씩만 가능하다. 명령 한마디 할 때마다 별 하나에 추억과 별 하나에 사랑과 하는 심정으로 기가지니 이래라 기가지니 저래 줘 하고 있다.

어둠은 빛을 이길 생각이 없다

"어둠이 빛을 이기지 못한다."

자기는 빛이고 남들은 어둠인 줄 아는 사람들을 보면 밝던 마음도 어두워진다. 내가 대체로 어두운 것은 자칭 빛이라고 생각하는 사람들이 세상에 차고 넘쳐서 그런지도 모르겠다. 나는 비록 어둡고 축축하지만 빛과 싸울 마음도 없고, 싸워서 이길 마음은 더더욱 없다.

어둠 속을 헤매는 나 같은 사람을 위해 철학, 종교, 심리학 등은 이러저러한 치유책을 내고 이렇게 하면 문제가 해결된다, 성장한다, 빛이 된다, 초인이 된다, 통합된다 하는데 그런 말을 들을 때면 마음이 불편해진다. 완전히 성장하려면 아직 멀었는데 어느 날 갑자기 사고로 유명을 달리한 사람이 있다면, 그는 그럼 덜떨어진 채로 생을 마감한 건가? 당신은 소위 '통합'되어 있고 당신 앞에 오종종 앉아 도움을 청하고 있는 우리는 어디가 분열되어 있는 건가? 아무리 노력해도 모난 성격이 고쳐지지 않는다는 건 평생을 착한 척해본 사람이면 다 알 테고. 어쩌면 성장하고, 빛이 되고, 초인이 되고, 통합된다는 것은 어제보다 오늘 더 착한 사람이 되는 것이 아니라 내 안에 진짜 나쁜 놈이 하나(어쩌면 여럿) 살고 있다는 것을 알아차리는 것인지도 모르겠다.

근데 그 나쁜 놈은 정말로 나빠서 제 발로 나가려 하지 않는다. 이 시점에서 그 나쁜 놈인 내가 할 수 있는 최선은 착해지려고 노력하는 게 아니라 착한 당신이 이런 나를 그럼에도 불구하고 참아주기를 간구하는 것, 또는 그간 참아준 것에 대해 감사하는 것 정도가 아닐까?

중학교 때 "전부 아니면 무(無)"라는 문장에 꽂힌 이래 근 30년 동안 양극단을 널뛰듯이 오가느라 힘들었는데, 요새 점점 피곤해지는 이유를 생각해보니 최근에 본 어떤 문장 때문이었다. 문제의 '빛'이 들어가 있는, 출처도 불분명한 그 문장은 "빛의 전사는 은혜를 잊지 않는다"였다. 은인들께 달리 되갚아드릴 돈도 재능도 없는 관계로,

부르시는 자리마다 감사히 찾아가서 시간을 함께하는 것을 보은으로 여기게 되었는데 그러다 보니 매일 밤 곤죽이 되고 있다. 이러다 죽지 싶던 최근의 어느 날 밤, 마음속의 목소리를 들었다.

(같잖은 어투로) 이보세요, 누가 당신더러 빛의 전사랍니까?

(훈계조로) 그리고 그 빛의 전사, 은혜를 잊지 않는다고 했지 언제 어떻게 갚는다고는 말 안 했으니 정신 차리세요.

그래. 그럴듯한 경구에 혹하지 말고 하던 대로 대충 어둡게 살아야겠다. 그러는 와중에도 은혜는 잊지 말자.

쓰레기 호더

핸드폰이 됐다 안 됐다 한다.

됐다 안 됐다 한다고 버렸으면 나는 진작에 버려졌을 거라서 차마 못 버리겠다.

지난 주말에 있었던 행사 뒷정리를 하면서 이미 쓰레기통에 버려졌거나 막 쓰레기통으로 던져지려는 것들을 미친듯이 모았다. 더 쓸 수 있는데 무심히 버려지는 것들을 보면, 뜻을 펴지 못하고 한창 나이에 요절하는 인생들을 보는 것 같아서 일단 그러모으게 된다.

그리하여, 집이 밖에서 주워 온 것들로 흘러넘치고 있다. 가장 문제가 되는 것은 일회용품들이다. 한 번 쓰고 버리기에는 너무 멀쩡한 일회용품이 있으면 여러 번 쓸 요량으로 늘 가방에 챙겨 넣게 된다. 그럴 때마다 드는 생각은, 중국 사람들은 물건을 정말 잘 만든다는 것이다. 일회용품은 일회용품답게 한 번만 쓰면 망가지게 만들어야 버려지는 것을 보더라도 덜 안타까울 것 같다. 물론 일회용품은 안 쓰는 것이 가장 좋지만. 다음으로는 비닐봉지. 부엌 수납장 한 칸이 밖에서 받아온 비닐봉지로 꽉 차 있다. 버리면 그 길로 버려질까 봐 어떻게든 용도를 찾을 생각으로 일단 모아놓게 되는데, 쌓이는 속도를 감당하지 못하고 있다.

나는 사실 세상의 모든 물건에 집착한다. 친구들은 내게 자동차와 집, 핸드폰, 컴퓨터 같은 것들과 나를 동일시하는 것 아니냐고 묻곤 하는데, 이런 덩어리가 크고 값이 많이 나가는 내구성 소비재뿐만 아니라 수건, 속옷, 칫솔 같은 소소한 것들도 닳고 닳아서 보다 못한 친구들이 쓰레기통에 집어 던질 때까지 쓴다.

이것도 인연인데 운운하면서 줄줄 흘러내리는 팬티도 차마 못 버리는 나를 보면서, 젊었을 때 소모품처럼 쓰다 버리고 내다 버렸던 사람들을 생각하게 된다. 정말 소중한 것은 함부로 버리고 진작 버려야 했던 것들은 잔뜩 끼고 산다, 내가.

사랑,
모든 것 중 가장 용감한 행동

한여름에서 가을 한복판까지, 크리스 월더라는 사람이 역사, 소설, 음악, 미술, 신화, 민담 등에서 고르고 고른 22쌍의 커플과 함께 연인의 길을 걸었다. 아름답고 지혜롭고 순수하고 용감한 사랑도 있었지만 버림받고 아프고 슬프고 이기적인 사랑도 있었다. 덕분에 '사랑'에 대해 오랫동안, 깊이 생각할 기회를 가지게 되었다. 기억과 눈앞의 사건들이 순서 없이 겹치면서 온갖 감정들이 주워 담기 어려울 정도로 흘러넘쳤다. '지금, 여기'에 집중할 수 없을 만큼. 그러느라 버린 시간도 많았고 그것 때문에 또 속상해했지만 날이 서늘해졌으니 이제 정신을 차려야겠다. 사랑, 내 인생의 주제. 누가 뭐라 해도 백 살까지 사랑하면서 살아야지.

순수 : 타미노와 파미나

마법 : 메를랭과 비비안느

지혜 : 셰헤라자데와 샤리아

풍요 : 클레오파트라와 시저

힘(power) : 아더와 귀네비어

전통 : 로미오와 줄리엣

사랑 : 이시스와 오시리스

갈망 : 트리스탄과 이졸데

힘(strength) : 브룬힐데와 지그프리드

사색 : 엘로이즈와 아벨라르

운명 : 다나에와 제우스

정의 : 페넬로페와 오디세우스

희생 : 오르페우스와 에우리디케

변형 : 페르세포네와 플루토

균형 : 비너스와 불칸

유혹 : 파올로와 프란체스카

억압 : 디도와 아에네아스

은총 : 단테와 베아트리체

환상 : 오데트와 이반

자각 : 큐피드와 프시케

심판 : 탄호이저와 엘리자베스

승리 : 아리아드네와 디오니소스

'세계와 연결되어 있다'는 것의 최상의 표현은 사랑에 빠지는 것이다. 누군가를 대담하게 사랑하게 되면 우리는 좋든 싫든 우리 내부에서 일어나고 있는 것과 마주하게 된다. 사랑은 삶에 대한 희망과 버려질지도 모른다는 두려움을 불러일으킨다.

사랑은 모든 것 중 가장 용감한 행동으로 볼 수 있다. 사랑하는 사람과 진정으로 친밀해지기 위해서는 자신의 약점에 정직해져야만 하기 때문이다. 가장 내밀한 자신과 자신의 모든 불완전한 영광을 연인에게 드러내 보일 때, 우리는 우리의 몸과 마음에 진정한 자기 자신을 드러내게 된다.[*]

울고 웃으면서 함께했던 여행이 방금 끝났다. 이제 또 새 길이 열리겠지.

---

[*] Kris Waldherr, 『The lover's path』, Art and Words Editions, 2015.

꿈, 기억,
그리고 애플리케이션

어젯밤에 프라이부르크에 가는 꿈을 꿨다. 역에서 대성당까지, 한때 약도를 그릴 수 있었을 정도로 골목골목 쏘다녔던 곳. 꿈속의 나는 역 앞에서 잠깐 헤맸지만 곧바로 구시가지로 들어가는 길을 찾을 수 있었다. 사거리 오른편에 있던 도서관 자리도 정확하게 기억이 났다. 티로가 흉물이라며 혀를 끌끌 차던 곳. 그 뒤편 골목길에 기념품 가게가 있고 그 옆엔 동네 술집, 거기서 오른쪽으로 한 번 꺾고 사거리에서 다시 왼쪽으로 한 번 꺾어서 조금 직진하면 작은 개울이 있고 그 옆에.

나는 꿈에서 그 길을 따라가지 못했다. '이젠 없을 텐데 뭐. 그게 언제 적 일인데' 하며 성당을 향해 직진했다. 티로에 관한 감정 문제는 완전히 정리가 되었는지 묻는 메시지를 읽은 건 바로 오늘 새벽이다. 게다가 하필 7년 전 이맘때에 나는 세비야와 루르드를 거쳐 프라이부르크에 갔었노라고 친절하기도 한 SNS가 알려왔다. 과거사와 꿈과 현재와 정보 기술이 얽히고설킨, 이런 말도 안 되게 억지스러운 우연의 일치 같으니라고. 이젠 이런 일 따위에 내 소름을 낭비하고 싶은 생각은 없다.

한 깨달은 분이 티로에게 그랬다지. 동양에서 온 정신 나간 여자를 돌보게 될 운명이라고. 동양의 그 정신 나간 여자가 기억을 완전히 잃어야 그의 고된 숙제도 끝이 날 텐데. 어느 하늘 아래에서건 잘 지내고 있으시길.

'과거의 오늘' 앱은 곧잘 나를 소름 돋게 한다. 뭔가 반복되는 느낌. 논리적으로 설명할 수 없는 일들이 계속 일어나더라도 예전처럼 뭐지? 뭐지? 하면서 허둥대지 않겠다. 과거는 되풀이된다는 것을 누군가 내게 이런 식으로 알려주고 있는 거라면, 나로서는 그저 오늘을 잘사는 것이 최선이다.

생각해보면 당연한데 그렇게 생각해본 적이 없는 것들이 세상에는 아직도 참 많다. 최근에 어디선가 들은 '생일' 이야기도 그렇다. 지구가 태양 주위를 돌다가 옛날에 내가 태어났던 그날과 같은 자리로 돌아오는 날이 생일이란다. 너무나 당연한 말씀. 그렇지만, 태양 주위를 50바퀴 가까이 돌았을 지구의 여행을 머릿속으로 그려보면서 그중 어느 지점을 지날 때가 내 생일일까 생각해본 건 그때가 처음이었다.

아무튼 지구는 1년에 한 번씩 같은 자리를 지날 때마다 해해연년 쌓인 그날의 기억들을 슬며시 우리에게 내밀고 있다. 전에는 바람으로, 꽃향기로, 낡아가는 기억으로 전해주던 것을 요새는 명징한 문장으로 들이댄다. 또렷이 다가와주니 이해하기는 좋은데 그리 낭만적이지는 않다.

진정한 언행일치

아무 말도 하지 않고 아무 일도 하지 않으면 최소한 위선적으로 보이지는 않을 텐데. 밀양 할머니 할아버지를 응원한다면서 전기를 막 쓴다거나 온갖 기획서에 환경 파괴, 자원 고갈, 지속 가능성 이야기를 적으면서 복사 용지를 낭비하는 사람을 보고도 화내지 않고 방글방글 웃을 수 있으려면 아무 말도 하지 않고 아무런 행동도 하지 않는 완벽한 언행일치의 단계로 하루 빨리 진일보해야 할 것 같다.

자기(또는 섭리나 사상이나 신)가 옳다고 생각하는 대로 세상이 돌아가지 않는 것이 마음에 들지 않는다며 이렇게 저렇게 도모하는 사람을 만나면 '참 애쓴다' 싶을 때도 있지만, '그냥 가만히 좀 내버려두지 왜 저렇게 상대를 못살게 구는 걸까' 하고 생각하게 되는 경우가 많다. 두고 보다 못해서 "그냥 가만히 좀 내버려둬" 하고 한마디 얹고 나면 마음이 불편해지는데, 따지고 보면 그건 다름 아닌 '상대를 그냥 가만히 내버려두지 못하는 사람을 그냥 가만히 내버려두지 못하는' 나에 대한 불편함이며, '상대를 그냥 가만히 내버려두지 못하는 사람을 그냥 가만히 내버려두지 못하는 나를 그냥 가만히 내버려두지 못하는 또 다른 나'에 대한 불편함인 것 같다.

결국 때려야 하는 사람은 때릴 것이고 참을 수 있는 사람은 참을 것이고 못 참는 사람은 치받을 것이며, 말릴 사람은 말릴 것이고 구경하는 사람은 구경만 할 것이므로 '이래야 해, 저래야 해' 하면서 자기는 지키지도 못하고 남들은 신경도 안 쓰는 말들로 복잡한 세상 더 복잡하게 만들지 말자. 피타고라스가 했다는 말이나 잠시 묵상하기로 한다.

"침묵하라. 그렇지 않으면 침묵보다 더 좋은 것을 말하라."

헤매는 발길

아무리 좋은 상사도 없는 것만 못하다.
아무리 좋은 화장품도 안 바르는 것만 못하다.
아무리 좋은 말도 안 하는 것만 못하다.

이 경구들의 요지는 없는 것, 안 하는 것이 있는 것, 하는 것보다 더 좋고 낫다는 것이다. 존재의 이유를 따져 묻는 건 귀찮은 일이다. 보나마나 엄청나게 길고 복잡한 증명 과정을 거친 답은 '그냥' 아니면 '사랑' 아니면 '몰라'일 테니까.

왜 우리는 자꾸만 뭔가를 하려는 걸까? 여기서 답이 갈리면서 사는 방법도 달라지는 것 같다. 나의 경우 '그렇게 하는 게 옳아서', '가치 있는 일이라서', '세상에 도움을 주려고', '더 나은 사람이 되려고', '후대에 기억되려고' 뭔가를 하는 경우는 거의 없다. 대신 '그냥 그러고 싶어서' 아니면 '어쩔 수 없이 해야 해서', 또는 '심심해서' 하는 경우가 대부분이다. 그래서 늘 엉망진창이다.

평생을 안갯속을 헤매고 다녔으면 지금쯤이면 헤매는 걸 소명으로 받아들이고 어떻게 하면 좀더 잘, 룰루랄라 즐겁게 헤맬 수 있을까를 궁리할 때도 됐건만 아직도 상황을 좀 정리해보겠다는 부질없는 의욕과 상황이 좀 정리가 될 것 같은 순진한 기대를 갖고 있다, 내가.
정말, 헤매는 것마저도 잘 못하고 평생을 그냥 어중간하게 헤매다 갈 모양이다.

잘살 것 같던 내가 헤매는 것을 보니 뭔가 방향을 정하게 됐다고 토요일날 만났던 분이 연락해왔다. 아무 생각 없이 엉망진창으로 살아도 도움이 된다니 드디어 내 오랜 꿈(반면교사)이 이루어질 모양이다. 나는 지금, 나 자신의 위험천만함과 무능력함을 순순히 인정하고 사방에 민폐를 끼치면서 나름 꿋꿋하게 살고 있다. 기특하다.

어제 새벽 2시까지 마셨더니 오늘 하루 종일 피곤하길

래 이제 늙었나 보다 싶으면서 오늘은 더 못 마시겠지 했
는데 막상 마셔보니 그게 아니네. 사람의 능력이란 게 참.

살다 보니 어떻게 된 게 매일 술이다. 이러다 죽지 싶다
가도 안 이런다고 안 죽는 것도 아닌데 싶기도 하다. 사실
오늘 좀 취하기는 했다. 술에 취하고 사랑에 취하고 약에
취할지언정 성공에 취하지는 않으련다, 라고 모처럼 '결
심'했다. 과연 그런 날(성공!?)이 오기는 할까. 사뭇 궁금
하기는 하지만, 하여튼 그렇다.

어느 날 밤, 길을 잃은 외국인을 도와준 적이 있다. 일
행을 만나게 해주었더니 고맙다며 맥주를 샀다. 일행은
그의 아내였는데, 한국인이었다. 남편이 스페인 사람이라
길래 몇 년 전에 까미노를 걸었다 하니 마침 그들도 그때
까미노를 걷다가 만나서 결혼을 했다고 한다.

아내가 말했다. 까미노 참 좋죠.

내가 말했다. 그럼요. 제 인생을 바꿨는데요.

아내가 다시 말했다. 제가 정말 그러네요. 그길로 결혼
해서 눌러앉았으니.

나는 문득 말문이 막혔다. 인생에서 제일로 진했던 시
간들을 지나 정신을 차려보니 원래 하던 딱 그대로 여전
히 헤매고 있다.

리컬렉션 생각, 기억, 단상
© 최은미

1판 1쇄 발행 │ 2019년 7월 30일

지은이 │ 최은미
펴낸이 │ 정홍수
편집 │ 김현숙 이진선
펴낸곳 │ (주)도서출판 강
출판등록 │ 2000년 8월 9일(제2000-185호)

주소 │ 서울시 마포구 동교로 17안길 21(우 04002)
전화 │ 02-325-9566
팩시밀리 │ 02-325-8486
전자우편 │ gangpub@hanmail.net

값 14,000원
ISBN 978-89-8218-241-9   03810

이 도서의 국립중앙도서관 출판예정도서목록(CIP)은 서지정보유통지원시스템 홈페이지
(http://seoji.nl.go.kr)와 국가자료종합목록 구축시스템(http://kolis-net.nl.go.kr)에서 이용하실 수
있습니다. (CIP제어번호 : CIP2019024898)